浮世絵の女
剣客大名 柳生俊平18
JN067545
倉一矢
時代小説
二見時代小説文庫

目次

浮世絵の女——剣客大名 柳生俊平（としひら）18

浮世絵の女――剣客大名 柳生俊平18・主な登場人物

柳生俊平……柳生藩第六代藩主。将軍家剣術指南役にして茶花鼓に通じた風流人。

伊茶……浅見道場の鬼小町と綽名された剣の遣い手。想いが叶い俊平の側室となる。

梶本惣右衛門……俊平の父が越後高田藩へと移封になり、移った頃からの俊平の用人。

吉野……吉宗の改革により大奥を出され諸芸で身を立てようとお局館に暮らす元お局。

春秋屋喜兵衛……江戸でも有数の日本橋小網町の浮世絵版元の主。

市川団十郎……大御所こと二代目市川団十郎。江戸中で人気沸騰の中村座の座頭。

輝姫……丸亀藩先代藩主、京極高或の娘。母の出身地、塩飽の本拠、牛島で育つ。

神保幸太郎……輝姫の用人を務める丸亀藩士。

鶴次郎……備前屋という美術商の番頭。菱川師宣の弟子筋にあたり、輝姫の弟子。

勇蔵……輝姫と将来を約束している塩飽衆の若頭。

玄蔵……遠耳の玄蔵と呼ばれる幕府お庭番。吉宗の命により俊平を助ける。

松平頼桓……若く、血気盛んな十八歳の高松藩主。

立花貫長……一万石同盟を結んだ筑後三池藩一万石藩主。十万石の柳河立花藩は親藩。

一柳頼邦……伊代小松藩一万石藩主。俊平らと一万石同盟を結成。

久留島光通……村上水軍の一角、久留島海賊の末裔の豊後森藩藩主。俊平を敵視している。

第一章　見返りの美女

一

「これは、いつもとちとちがう顔ぶれが来ておるようじゃの」

柳生藩一万石藩主柳生俊平は、お局館の一間間口の格子戸をがらりと開けると、玄関先に脱ぎ捨てられた履物を見て、越後高田藩以来仕えている用人の梶本惣右衛門にそう言った。

男物の、それも町衆が履く草履や草鞋が、ずらりと脱ぎ捨てられている。

むろん、お局館といっても弟子筋には男も多いし、出入り業者もたいていは男であるが、この館に出入りする男たちは、あらかた町の富裕な旦那衆で、いつも上質な雪駄などを履いている。

ところが、今日玄関先に並んでいるのは、それとは別種の履き潰した下足ばかりである。

どうやら、将軍吉宗の倹約令で大奥を追われ、諸芸で身を立てようと集まった女たちが暮らす、通称お局館を訪ねてきているのは、江戸の賑やかな町衆たちらしい。

それにしても、いつも出迎えに出てくれるお局方の姿もない。よほど立て込んでいるのだろう。

ふむ、と頬を撫で、惣右衛門と顔を見合わせ廊下を進んでいくと、大広間はやはり大勢の町衆であふれていた。

(何事か始まっておるのか……)

みなで一人の女を取り囲んでいる。反物を当てたり、髪を結ってみたりとひどく慌ただしい。その中心にいるのは、お局館に暮らす吉野の姿であった。

吉野は、まるで宮地芝居の女役者のようである。

「驚いたのう。こうしてみると、吉野もどうして、なかなかの役者のように見えてくるぞ」

俊平がううむと頷けば、惣右衛門も首を縦に振る。

惣右衛門は、すっかり見惚れているようであった。

「まことにもって。吉野どのは、神々しいほどに美しうございます」

「惣右衛門、そなたがそこまで褒めるとは、珍しいの」

笑って俊平が部屋を見まわすと、団十郎一座の女形玉十郎の姿もある。

いつもなよなよしているが、研究熱心な男でしばらく前から玉十郎は、三味線の稽古でお局館に通っている。

「おい、玉十郎、こっちにこい」

手を振って呼び寄せてから、

「いったい全体、なにが始まっているのだ」

と、俊平が玉十郎に顔を寄せた。

「あっしも、はじめのうちは、なんだか訳がわからなかったんですがね。どうやら吉野さん、絵師に絵を描いてもらうことになったらしいんで」

「絵師に。それは、浮世絵ということか」

「へい、そのようで」

俊平は、玉十郎の話を聞いて驚いた。

吉野は、たしかに器量よしである。おそらく、大奥を追い出されて共に暮らすお局方のなかでは、いちばんの美貌だろう。

それでも、とうに三十路を越えており、美人画に描かれるには、いささか歳を重ねているのが否めない。

「あっしも、驚いたんですがね。浮世絵に描かれる顔は、だいたいみなよく似ているので、実物はさほど問題ではないらしいんですよ」

「そうは言ってものう」

俊平が苦笑いしていると、歳嵩のお局綾乃が、大量の茶を盆に乗せて部屋へ入ってきた。

「おお、綾乃。吉野が美人画に描かれるというのは、まことなのか」

俊平が、今度は綾乃に訊ねた。

「これは柳生さま、いらしていたとはつゆ知らず、失礼いたしました。お茶もご用意いたしませず」

綾乃は俊平を見て困惑し、茶を差し出して、丁寧に挨拶した。

「なんの、わしが勝手に来ただけじゃ。慌ただしそうなので、勝手に上がらせてもらったまで。それより、吉野がまこと浮世絵になるのか」

「じつは、私どももいささか合点がいかぬのでございます」

綾乃も、困惑したようすである。

「こう言っては吉野に悪いが、美人画とは、もそっと若い女子が描かれるのではないか」

「それが、顔はどうせ絵師がそれらしく描き直すので、よいと仰るので」

「まあ、そうかもしれぬが……」

　俊平は、やはり納得できなかった。

「それで、絵師はどこにおるのだ」

「絵師は来ておりません。今日はあくまで下準備でして。衣装を整えたり、似合う髪形を選んだりしているところでございます」

「それで、あのように呉服屋や髪結い師が来ているのだな」

「版元の春秋屋さんの番頭さんもいらしています。それと、絵師のお弟子さんも」

「ほう、弟子が来ておるのか」

「はい、あそこに」

　綾乃が指さした先に、一人じっと吉野を見つめて、下絵を描く男がいる。

　まだ三十を越していないであろう、気弱そうな男である。

「なんでも、こたびは女絵師が吉野さんを描くそうですよ」

「そうなんでさ。その女絵師が、とにかく今いちばんの腕前という評判で」

玉十郎が言う。

「玉十郎さんは、その女絵師の方に会ったことがあるんでしょ」

やってきた雪乃が、玉十郎に訊ねた。

「なんでお前が」

頷く玉十郎に、俊平が問いかけた。

「じつはね、半年ほど前になりましょうか、うちの一座の役者絵を描いた女絵師がおりましてね。その絵師が、今回吉野さんを描くらしいんで」

「なんだ、そういうことか」

「大御所の団十郎も、ずいぶん上手な絵描きだと感心しておりました。その女絵師に描いてもらった屛風絵が一枚、楽屋裏に置いてありますよ」

「それは知らなかった」

「あの女絵師が今やずいぶん売れっ子になったと聞けば、感無量でさあ」

玉十郎がしみじみ言う。

「玉十郎と同じ、人気商売だからな」

「へい。ただ、あちらはあまり人気を気にしないようで。それと、いつも弟子のような男を連れていましてね。そいつにも、同じものを描かせておりました」

玉十郎が言う。

「そうか。それにしても、女絵師とは珍しいの」

「しかも、すこぶる美人で。でも、ちょっと男まさりで、大人しい女じゃありません。キビキビ動いて、ぴょんぴょん跳ねる感じの女でした」

「ほう、絵師とはみな、そのような者たちなのか」

「いいえ。もちろん皆が皆、そんなんじゃありません」

「だろうな」

そう言って俊平は、その女絵師の弟子という若い絵師をもう一度見やった。線が細い大人しそうな男である。

「で、版元は春秋屋だったね」

俊平が訊いた

「日本橋小網町の春秋屋喜兵衛だそうでございます」

綾乃が言った。

「江戸でも有数の版元で、絵草子から始めて浮世絵で当たり、今のような大所帯になったといいます」

玉十郎が言う。

絵草子とは、徳川の御世の中頃から江戸で出版され、広まった絵入りの娯楽本である。草双紙、絵本ともいう。

「春秋屋喜兵衛か、聞いたことのある名だ」

「いろいろな趣向を考えるお方で、今度は〈見返り美人〉を描かせるそうで」

「〈見返り美人〉といえば、菱川師宣であったな。一世を風靡したという」

絵入本の挿絵として刷られていた浮世絵版画を、単独の絵画作品と見なされるまでに発展させたのは、菱川師宣である。

その菱川師宣の時代から、半世紀近くの月日が流れていた。

「絵師も版元も、優れた腕前の者たちが揃っているのだな」

俊平が腕を組みながら言った。

そうこうしているうちに、賑やかな部屋へ入ってきた者がある。

数人の男を従えた愛想のよい男で、みなににこにこと微笑みかけている。

部屋の者たちが、ふりかえって笑顔を送る。

「柳生様、ご紹介いたします。版元の春秋屋喜兵衛さんでございます」

綾乃に紹介されると、

「あ、これは」

男が俊平に丁寧に頭を下げた。

「柳生様は、江戸の護り神のようなお方でございます」

喜兵衛は、しゃあしゃあと愛想のいいことを言う。

「それは、そうでございましょう。柳生様は、天下の将軍家剣術指南役でございます」

綾乃が応じる。

「いやあ、ご主人にお会いできて嬉しい。〈見返り美人〉が当たっているそうだな」

俊平が喜兵衛に愛想よく話しかけた。

「お蔭様をもちまして。ただ、じつを申せば、これは私どもの発想ではないのです」

喜兵衛が、意外なことを言った。

「と、言われると――」

俊平が、綾乃と顔を見合わせて訊ねた。

「このたび、吉野さんを描くことになった女絵師の持ち込みでございましてね」

「そうだったのですか。それは意外でした」

綾乃も知らなかったらしい。

「お知り合いの若い絵師を一人前に育てたいとのことで、自分も描くから、そのお弟子に機会を与えてやってくれと」

「ほう、それが、あそこにいる――」

俊平が、弟子という男絵師を見て言った。

「さようでございます。なんでも菱川師宣門下の方のお弟子さんか、女絵師のお弟子さんだそうで、なかなか絵の道に踏み込めずにいるところ、後押ししてやると仰っていました」

「なるほど、菱川師宣の弟子筋なら、〈見返り美人〉ということになるか」

「その女絵師、いったい何者なのです」

惣右衛門が、あらためて喜兵衛に訊ねた。

「瀬戸内の海で育ったとだけ申しておりまして、私どもにも、素性を語らぬのです」

「妙だな――」

俊平は、ふと漁師の娘かと考えたが、それならむしろ素性を隠す必要はない。また、漁師の娘が素性を隠したまま、江戸への長旅と生活の金繰りができるというのも、不自然な話である。

「どこぞの、ご身分あるお方とお見受けしましたが、なかなか明かしてくれません」

春秋屋喜兵衛が、首をかしげる。

「なにやら面白い話だな。して、その女絵師の腕前は――」

「それはもう、他の江戸の絵師をまるで寄せつけぬほどで。売り出したばかりの役者絵も、飛ぶような売れ行きでございます」

「ほう。そうか、それは凄い」

俊平は、腕を組んで頷いた。

「ただ、本人はさして喜ばず、弟子の絵の出来具合ばかり気にしておりました」

「欲のない絵師なのだな」

俊平は、ますますその女絵師に興味をそそられた。

「まこと、変わっております。もっとも私どもとしては、描いてもらえれば御(おん)の字なのですが」

「ふむ、その女絵師、会ってみたいのう」

俊平は、遠くにいるその弟子の絵師を見ながら呟いた。

「柳生様たってのお望みとあらば、普通なら会ってくれるでしょうが。これがなかなか気難しい女で、人を寄せつけねえところがあるようで……」

玉十郎が言うと、

「玉十郎は、たとえ殿といえど、ご遠慮願いたいと言っておりますぞ」

惣右衛門が笑って冷やかすように、俊平に言った。

「これ、惣右衛門、玉十郎――」

「はい」

「私は、引き下がらぬぞ」

「は、はい」

惣右衛門は苦笑いして俊平を見返した。

俊平が言いだしたら退かないことを、惣右衛門も玉十郎も、よく知っている。

「玉十郎、ひとまず吉野に、女絵師が絵を描く日取りと、場所を聞いておいてくれぬか」

「かしこまってございます。その日、そこにお出かけになられるのですか？」

「さて、どうしようかのう」

俊平は顎をゆっくりと撫で、にやりと笑った。


しばらくすると、吉野の周辺が静まり返って、取り巻いていた人々が離れていく。

下準備が、ひとまず終わったようであった。

吉野が、こちらを見て微笑んでいる。

「吉野、大変なことを始めたようだな」

俊平が、手を挙げながら声を大きくして訊ねた。

「なんだか、妙なことになってしまいました」

吉野は、俊平のところまでやってくると綾乃に軽く会釈して、俊平の隣に座り込んだ。

「この分ではそなた、あっという間に江戸の人気者になろうな」

「そんな。私のような姥桜(うばざくら)、とてもそんなことはございませんよ」

吉野は笑って手を振るが、まんざらでもないようすである。

「あたし、柳生様がちっともかまってくださらないから、ちょっと浮気してみただけなんです」

吉野はそう言って、俊平の腕に絡みついてきた。

「今はそのようなことを申しておるが、江戸の人気者となれば、私など見向きもしてくれぬようになろう」

俊平が冗談を返せば、話を聞いていたお局たちが笑っている。

二

「ほう、やっておるな」

柳生俊平は、茶店の床几に腰を掛け、愉快そうに表通りへ目をやった。

二人の絵師が通りの真ん中に床几を持ち出して並び、絵筆を取る。数間を隔てたところに立つ吉野を描いている。

群衆が、その周りを幾重にも取り巻いて見物していた。なかには、お局館の綾乃や志摩の姿もある。

吉野は、じっとしているのが苦痛なのだろう、時折きょろきょろと他所見をして動いてしまうので、若い女絵師が窘めている。

「ほう、女人とは聞いていたが、ずんぶんと若い絵師だの。思いもよらなかった」

俊平が、並んで茶を飲む惣右衛門と、団子を摘む玉十郎に言えば、

「あっしの伝え方が足りなかったようで。こりゃあ、あいすみません」

玉十郎が、笑って頭を搔いた。

ここ日本橋馬喰町の町辻で、件の女絵師による浮世絵の写生が行われると、俊平

に伝えてくれたのは玉十郎であった。玉十郎は、それを吉野から伝え聞いたらしい。

「そうか。では、なにを置いても見に行かねばならぬな」

そう言って俊平は、国許から送られてきた書付の山を机の上に投げ出して、屋敷を抜けてきたのであった。

女絵師の装束には、目を奪われるばかりである。

水夫の纏う褞袍を着込んでいる。継ぎ接ぎだらけの色鮮やかな布で、それが、女が動くたびにひらひらと舞う。

女絵師は、まるで踊りでも舞うかのように体を動かし、目を細め、首をひねり、いろいろな角度から吉野をながめている。

それが、女絵師の流儀のようであった。一方、隣の絵師はじっと動かない。

「のびのびと描いておるの。じつに屈託がない。町娘ではなさそうだが、さりとて武家の娘のようにも見えぬ。いったい何者であろうな」

「まったく、見当もつきませせぬ」

惣右衛門も、しきりに首を捻るばかりである。

「柳生様、あそこに版元春秋屋の番頭の姿が見えますが、その隣に若い侍がおります。あれは、誰かの付き人、用人のようにも見えますが」

玉十郎が、群衆の背後から隠れるように娘を見ている侍を指さした。

「そういえば、たしかにそう見える。娘を見守っているのだろう」

「だとすれば、あの娘はやはり武家の者でございましょうか」

惣右衛門が首をかしげた。

「あの侍、立派な身なりでございますよ。いずこかの藩士と思われます、大身の武家の娘ではございませんかね」

玉十郎が頷きながら言った。

と、辺りが騒がしくなっている。

群衆の輪が広がり、いきなり悪党面した七人ほどが、娘の脇に威勢よく飛び出してきた。

いかにも町のごろつきふうの男たちである。女絵師の前に回り込み、肩を怒らせ凄んでみせた。

「なんだ、あの者らは」

俊平が驚いて惣右衛門に訊ねた。

「悪い男どもに絡まれておりますな」

惣右衛門が言う。

だが女絵師は怖気づいたようすも見せず、男たちに言い返している。

「御用人さん、どうしたんです。悪党どもをなんとかしてください」

春秋屋の番頭の横にいる若侍に向かって玉十郎が叫んだ。

「まるでだめでさあ。お侍なのにひでえ臆病者で」

腰を上げようとしない用人に苛立ちながら、あきらめたように言った。

「いやいや玉十郎、用人の助太刀など無用のようだ。女絵師に激しく言い返されて、男たちのほうがひるんでおる」

俊平が面白そうに言った。

「あの娘、なかなかやりますな。町の群衆を、味方に付けはじめております」

惣右衛門が冷静に見つめながら言う。

群衆が悪党たちの横暴を見かねて、口々に罵り、じりじりと詰め寄っている。

悪党の一人が、たまらず懐から匕首を引き抜いた。

群衆が驚いて退き下がる。

「このアマ、いい度胸じゃねえか。覚悟しやがれ」

そう叫ぶと、匕首を手にした男が女絵師に襲いかかった。

だが、絵師はそれをひらりとかわし、男の足を払った。

男はたまらず大きな尻餅をついた。

群衆の間から、どっと笑いがこぼれる。

かっとなった悪党たちが、いっせいに匕首を引き抜いた。

「殿、これは、さすがにいけませぬ」

惣右衛門が、俊平をふりかえり立ち上がった。

「うむ。行くぞ、惣右衛門」

俊平と惣右衛門は差料を引っ摑んで茶店から飛び出し、往来の中央に躍り出た。

「待て、待て、待てい」

惣右衛門が悪党どもを睨みすえると、男たちは、見かけぬ侍二人の登場に、思わず立ちすくんだ。

「たった一人の女絵師に、大の男たちが寄ってたかって、なにをしようというのだ。みっともなくて、まるで見ておられん」

俊平が、ぐるりと一同を見まわして啖呵を切ると、群衆の間から、わっと喝采が上がった。

「お、おめえらは、何者だ」

悪党の一人が言った。

「そうだ、名を名乗りやがれ」

男たちが匕首を構えて啖呵を切る。

「なに、ただの通りすがりの者だが、あまりの無道ぶりを見ていられぬので、飛び出してきた。この喧嘩、私が買おう」

「なんだと！」

「だが、あいにく私は、お前たちとちがって侍だ。長い物を使う。腕の一本、足の一本が無くなったって、責任はとらぬぞ」

そう言って、俊平が男たちに睨みをきかせれば、男たちはみな顔を見合わせ、背筋を震わせた。

「あっ、柳生さま」

吉野が俊平に気づいて、駆け寄ってきた。

「なにっ、柳生ッ！」

大きな体の男の一人が、目を剝いて俊平を見返した。

「柳生って、あの将軍家剣術指南役の柳生か」

無精髭の男が仲間に問いかけた。

「だとしたら、どうするのだ」

惣右衛門が言う。

「いけねえ。相手が悪い」

「ちきしょう。なんでまた、よりによって柳生が」

男たちは、俊平と惣右衛門を交互に睨みすえたが、明らかに及び腰である。

「ここは、殿が出る幕でもございますまい。それがしだけで十分」

惣右衛門が刀の柄に手をかけた。

「頼もしいの」

俊平が、惣右衛門を見返し笑った。

二人のやりとりを見て、よほど手強いとみたのだろう。悪党たちは、すごすごと後ずさり、やがて憎々しげにふりかえりながら逃げ去っていった。

「なんでえ、あの野郎ども」

群衆が、男たちに罵声を浴びせかけた。

「このたびは危ないところをお助けいただき、言葉もございませぬ」

脇で女絵師を見守っていた若侍が、俊平のもとへやってきて礼を言った。

「そなたは——?」

「それがしは四国丸亀藩（まるがめはん）の者にて、神保幸太郎（じんぼこうたろう）と申します」

神保と名乗る侍は、折り目正しい口調でそう言うと、俊平に一礼した。

「丸亀藩と申せば、鎌倉以来の近江（おうみ）の名家、京極家（きょうごくけ）でござるな」

「は、とは申しましても……、京極家は、柳生様のように武勇で名を馳せた家柄ではございませぬ」

神保は、頭を掻きながら謙遜するように言った。

近江京極家の源流は、鎌倉時代に近江他数ヵ国の守護に任じられていた、名門佐々木（ささき）家である。佐々木信綱（のぶつな）の四男氏信（うじのぶ）は、北近江六郡を継ぎ、京極家を興（おこ）すと、室町時代に京極家は出雲（いずも）、隠岐（おき）、飛騨（ひだ）の守護も務めるほどに栄えた。

戦国時代は、北近江浅井（あざい）氏の台頭で一時衰退したが、京極高次（たかつぐ）、高知（たかとも）兄弟が織田信長（おだのぶなが）、豊臣秀吉（とよとみひでよし）、徳川家康（とくがわいえやす）に仕えて京極家の再興に成功した。

京極高次は本能寺（ほんのうじ）の変後、明智光秀（あけちみつひで）に味方し、秀吉の居城長浜（ながはま）城に出陣したため、秀吉の追捕を受けたが、妹の竜子（たつこ）を秀吉の側室に差し出すことで、助命、家名存続を許された。さらにその後高次は、秀吉の側室淀殿（よどどの）の妹、初姫（はつひめ）を正室に迎えたため、高次の出世栄達は、「螢（ほたる）大名」と陰口をたたかれたという。

「なに、京極家は家名高き高家（こうけ）。名高き仁青（にんせい）の花器や、茶道具の収集家としても知られておる」

俊平が、京極家を持ち上げるように言うと、

「そういえば、ご領内に金毘羅様もあるのでしたね」

俊平の隣に寄ってきた玉十郎も、神保に問いかけた。

金毘羅参りは江戸でも大人気で、多忙な人の間では、犬を代参させるという奇妙な風習まで生まれている。

「金毘羅様は、江戸にも分社しております。藩邸内でお祀りしております」

「なに、金毘羅様が江戸に。それは知らなかったぞ」

俊平が驚いて神保を見返した。

「して、こちらのお方は――」

俊平が、横で黙って退屈そうにしている女絵師を見返して訊ねた。

「私は、塩飽衆の娘です」

女絵師は、悪びれるようすもなく平然と俊平に言った。

「姫、そのような戯れを申されては、助けていただいた柳生様に失礼でございましょう」

神保が諫めるように言うが、姫と呼ばれた女絵師は、意に介さぬようすである。

「こちらは京極家の姫さまにて、輝姫さまと申されます」

「いいえ、心は塩飽の女です」

輝姫が、すぐに神保の言葉をうち消すように言った。

「はて、これはなにか事情がおありのようだな」

俊平が苦笑いして神保を見た。

「姫さま、柳生様には、事情をお話ししてもよろしいのではありませんか」

神保が姫をうかがい見た。

「好きにいたせ」

輝姫が、突き放すように言う。

「じつは姫さまがお育ちになったのは、丸亀のお城ではないのです」

「ほう。と、申されると？」

「話はいささか長くなりますが」

神保がそう言うと、話が少し込み入ってきたので、俊平はみなを茶店のなかに促した。

茶店はさきほどより混んでいたが、六人は奥の古い食台を囲んだ席に腰かけた。

神保が簡単に注文を済ませると、ふたたび話を切り出した。

「じつは、姫さまのお母上は塩飽のお生まれにて、先代藩主高或様は、宇和島伊達家より迎えられたご正室を憚り、姫さまが生まれてすぐ、塩飽衆の頭目丸尾源蔵殿に預けられたのです」

「なるほど」

俊平は、惣右衛門と顔を見合わせた。

「京極高或を、私は父と思っておりません。まことの父は塩飽の源蔵殿です」

「そうでしょうよ。私にゃ、その気持ちわかりますよ。そんな薄情な親父殿など、とても父とはいえませんや」

玉十郎が、唸るように言った。

「姫さまの弟君にあたる当代藩主京極高矩様が、お城に姫さまを呼びもどされましたが、すぐ姫さまは島に帰ってしまわれました」

神保が、苦笑いしながら言う。

「島とは――」

「塩飽衆の本拠地である、牛島です」

輝姫が、きっぱりと答えた。

「されば、姫の絵の素養は、どこで身に付けられた」

俊平が訊ねた。

「さあ、どこで身に付けたものか、私にもわかりません。気がついてみれば、絵筆を取っておりました」

輝姫が、悪びれることなく言った。

「姫さまは、島の衆のためにも多数絵を描いたと申されます」

神保が、付け加えて言った。

「して、こちらは」

俊平は、黙って茶を飲んでいる若い絵描きに話を向けた。

「こちらは菱川師宣殿の弟子筋の方で、立派に画家として売り出せる技量をお持ちなのですが、遠慮がちで、今は美術商の番頭をしております」

「備前屋（びぜんや）の鶴次郎（つるじろう）と申します。どうぞお見知りおきを」

男は、遠慮がちに頭を下げた。

「姫や神保殿のお知り合いということは、丸亀のお城にも出入りする美術商なのですかな」

俊平が訊ねた。

「そうです。仁清については、いちばんの目利きです」

輝姫が言う。

「ところで、さきほどの荒くれ者どものことだが、心当たりはおありか」

俊平が訊ねると、姫は神保と顔を見合わせ、口籠もった。

「申されよ。他言はいたさぬ」

「されば、お話しいたしましょう」

神保が、手にした茶碗を食台の上に置いて俊平に向き直った。

「あれは、おそらく高松藩に雇われた者どもです」

「高松藩？」

「瀬戸内の海で、塩飽衆と対立しております」

「されば、姫を塩飽の者と見て、嫌がらせをしているというわけか」

「そういうことでございます。どこで聞きつけたのか、姫を明らかに塩飽衆の者と――」

神保が、肩を落として困ったように言った。

「だが、高松藩は何故塩飽衆を恨んでいるのだ」

「はい。かの藩は徳川御一門の有力藩にて、次第に瀬戸内の海を我が物顔で航行するようになり、丸亀藩の海域をも侵してまいります。そのため、丸亀藩に味方する塩飽衆とぶつかることも多く、衝突が絶えぬのでございます」

「ふむ」

俊平は、話を聞いて苦虫を噛み潰す思いであった。権力を笠に着た所業は、俊平の最も嫌うところである。

「よいのです。これしきの小競り合い、当方で片づけられます」

姫がきっぱりとした口調で言った。

「これまでも、ああしたちょっかいを出されたことがあったのか」

「はい、数度。そのたびに、姫さまはあしらってこられました」

「あしらう？」

「姫さまは体術の心得もありますゆえ、なかなかお強うございます。それに、町衆が味方してくれる時もあります」

「そなたが、いま少し働ければよいのだが」

輝姫が、神保を揶揄するように言った。

「しかし相手が大名家であれば、このままでは済むまい。次第に手強い相手が出て来るやもしれぬぞ」

「されば、柳生様にぜひお力添えをいただければ、ありがたく存じます」

神保が、頼りない口調で言った。

「これ、神保」

輝姫が諫めた。

「これは丸亀藩と高松藩の問題。柳生様のお力をお借りする筋のものではございません。どうか、お忘れください」

輝姫にそう言われると、俊平は惣右衛門と顔を見合わせ、顎を撫でた。

「だが、私は吉野の危機を見て見ぬふりはできぬ」

「まあ、柳生様」

さきほどから茶店に入ってきて同席していた吉野が、嬉しそうに俊平に絡みついた。

「ご勝手になされませ」

輝姫は、笑って俊平と吉野を見返した。

「私は美人画を好む者。よい作品が出来上がるのを待っているぞ」

俊平が言った。

「それにしても、姫に会えて良かった。陰ながらそなたを応援したい。またいずれお会いしよう」

俊平が姫に向かって頷けば、

「どうかよしなに」

神保が真顔で頭を下げる。

店を出れば、茶店の外は、さきほどの騒ぎなど無かったように、大勢の人で賑わっていた。

三
「その吉野という女は、おぼえておるぞ」

将軍吉宗（よしむね）が、将棋の手を休めて俊平に言った。

剣術指南が終わった後に、いつもどおりの対局が始まってからも、吉宗は、お局館を騒がす浮世絵の話があまりに面白いのか、将棋の駒を進めない。

「大奥でも、指折りの美貌であったと聞き及びます」

「ふむ。じゃが、余は美貌の女を好かぬゆえ、いちばんに追い出した。城から出されても、嫁の口はすぐに見つかるであろうと思うてな」

「そうでありましたな」

「だが、今にして思えば、ちと惜しかった気もする」

吉宗は、珍しく茶目っ気を見せて言った。

「されば、お呼びもどしになられますか」

「それは無理であろう。大奥にはもどれぬ歳になっておるはずじゃ」

「さようでございますな。あれから、歳月が経ちました」

「それはそうと、浮世絵の話はなかなかに面白いの」

吉宗は、政務の合間に絵を眺めるのが趣味であった。

「はい。巻物や絵本の挿絵版画としての浮世絵は、当初墨で刷られておりましたが、やがて二色刷りになり、今では多色刷りとなって極彩色でございます」

「俊平は、浮世絵の歴史にも詳しいのだな。じつは、余も美人画は幾つか集めておるのじゃ」

「浮世絵は庶民の見るもの。上様は、ご興味がないものとばかり思うておりました」

「そのようなことはないぞ。襖絵や屏風絵ばかり見ていても、面白うない」

「上様が、でござりますか」

「まことじゃ。ほれこれ」

吉宗は、小姓に命じて、手文庫のなかから数枚の浮世絵を持ってこさせた。

俊平の膝元に広げさせる。

「うむ。これなど、色も鮮やか。表情もよく描かれておるな」

吉宗は、そのなかから一枚を取り上げ、満足げな表情で頷いた。

「その女絵師、たしか丸亀藩京極家の縁者と申したな」

「縁者どころか、現藩主の姉でございます。しかし、それがなにか」

「うむ、ちと頭の痛い問題がある」

「はて、それは」

「同じ讃岐にある高松藩との揉め事じゃ」

「上様もお気にかけておられましたか」

「うむ。高松藩はわずか十二万石で、大藩とは言えぬが、ちと勝手な振る舞いが目立つ。まるで瀬戸内の海賊が蘇ったかのようじゃ、と申す者までいる」

吉宗が、苦笑いして俊平を見返した。

「瀬戸内の海賊でございますか」

俊平も、吉宗に合わせて苦笑した。

「高松藩は、御三家の一角水戸藩の支藩なのじゃ。それゆえの傲慢ぶりを揶揄する向きも多い」

「その話は、私も耳にしました。ご藩主は松平姓でございますな」

高松と丸亀を含む讃岐一国は、豊臣秀吉の四国征伐後、秀吉麾下（きか）の生駒親正（いこまちかまさ）が拝領した。生駒家は関ケ原合戦で東軍に味方したため、徳川の御世になっても、そのまま生駒家が讃岐藩を立藩していた。

しかし寛永（かんえい）十七（一六四〇）年、縁戚の藤堂（とうどう）家を巻き込んだ御家騒動が勃発し、生駒家は改易となった。その後、讃岐は東の高松藩と西の丸亀藩に分かれ、高松藩は水戸徳川家、徳川光圀（みつくに）の異母兄である松平頼重（よりしげ）が継いだ。

「そなたの久松（ひさまつ）松平家と、いささか事情が似ておるの。しかし瀬戸内には、戦国以来の海賊の末裔が多い。高松藩はそのような者らを束ね、瀬戸内の海を跋扈（ばっこ）しているという」

「水戸家の支藩であることを笠に着るとは、いささか卑劣でございますな」

俊平は、輝姫や神保の話を思い出しながら言った。

それだけの実力ある藩が、横暴を極めるとなると、事を収めるのも容易ではない。

「うむ。いかに身内の松平家であるといえど、目をつむることはできぬ。丸亀藩領内の塩飽衆にも嫌がらせがつづいておるという。塩飽衆には徳川家も世話になっておる」

輝姫と神保が語っていた諍いの顚末は、かなりの部分、吉宗の耳にまで届いているらしい。

「塩飽衆は、戦国以来の海の民でございますな」

「うむ、徳川の天下取りには大いに貢献してくれた。それゆえ、神君家康公も彼らに朱印状を与え、名字帯刀を許されたのだ。また、いずれの大名の下にも置かず、自由の民の特権まで与えてきた」

「幕府創業に功ある塩飽衆を困らせるとは、やりたい放題でございますな」

俊平は、高松藩の横暴さに吐息を漏らした。

「高松藩には、水戸藩だけではなく瀬戸の海で鳴らした海賊大名どもがついておるという」

「海賊大名が……。されば、丸亀藩は劣勢でござりますな」

「そういうことになる」

「あまり高松藩が優位になってしまっては、瀬戸内周辺の秩序も乱れましょうか」

「そのことよ。余もそう思う。だが水戸藩が後ろ楯となっておっては、なかなか意見がしにくい」

「はは、上様もご苦労されておられますな」

俊平が苦笑しながら言う。

「そう茶化すものではないぞ、俊平」吉宗は笑ってから、「あの者どもは、瀬戸内のうず潮で鍛えておる。高松藩の水軍も、なかなかに達者じゃ。江戸湾でおっとり釣りをする向井水軍など、今や名ばかりのものとなっておるのではないか」

そう言われれば、そんな気もしてくる。俊平は、ふたたび苦笑いを浮かべた。

吉宗が半身を乗り出し、俊平を見つめた。

「そなた、高松藩と丸亀藩の争いに、しばらく目を配ってはくれぬか」

「それは、よろしうございますが……」

そう言われても、俊平は正直なところ、どこまでかかわって良いか難しい。

高松藩は徳川一門、背後に水戸藩が控えている。

吉宗は水戸藩に遠慮している。吉宗から影目付に任じられた俊平とて、そのあたりのことには配慮せねばならなかった。

「遠慮は要らぬ。目に余るようであれば、余も高松藩に意見する。このままいけば、大きな衝突にならぬとも限らぬでな」

「されば、まずは両藩の周辺を、それとなく探ることといたします」

「うむ、頼んだぞ。それと……」

「まだなにか？」

「その見返り美人の絵じゃ」

吉宗はくすりと笑った。

「以後も、作品の出来を報告してほしい」

「それは、もちろんのことでございます」

俊平も、吉宗の茶目っ気に笑顔で応じた。

「ところで、今日の勝負じゃが」

吉宗は、将棋の駒を取って、

「はい――？」

「将棋御三家の伊藤家から、いささか知恵を授かっての」

「はあ、伊藤家から？」

俊平は、困惑して問い返した。

「それを、試してみようと思う」

「これは、まいりましたな。それでは、とてもそれがしなどでは、勝ち目がございませぬ」

「なに、まだ身についてはおらぬ。それを、どのように繰り出していったらよいのか、さっぱりわからぬ」

吉宗は、苦笑いして俊平を見返した。

「されば、上様に妙案が浮かばぬ前に、勝ちを決めてしまわねばなりませぬな。これは忙しい」

俊平はそう言って吉宗を見返し、盤面を睨んだ。

結局のところ、その日の勝負はなかなかの接戦で、二刻にも及び、俊平が城を辞したのは、陽が西に傾きはじめてだいぶ経ってのことであった。

四

「おお、玄蔵か。こたびは早いな、もう動きだしたか」

幕府お庭番遠耳の玄蔵が、配下の女密偵さなえを連れて、木挽町にある柳生藩上屋敷に顔を見せたのは、城内で吉宗と俊平が夕刻まで及ぶ長い将棋の対局を行って、三日後のことであった。

玄蔵によれば、吉宗から直々に、俊平の下で密着して働くよう命ぜられたという。

「こたびは、評判の美人が絡んだ話ということで、どうも足が軽くなってまいります」

玄蔵が、めずらしく軽い調子で言った。

「私も、なにやらそうなのだ」

二人の男たちが語り合えば、さなえは呆れたようすである。

「じつは遠国御用（おんごくごよう）の者たちからも、いろいろ話を聞いてまいりましたが、どうやら高松藩と丸亀藩は漁場をめぐって対立しておるそうで」

「なるほど、漁師たちにとっては生活にかかわる問題だ」

「両者は、一歩も譲らぬようすだそうにございます」

「さすがに海の男どもは、荒々しい」

俊平が吐息を漏らした。

「どちらも戦国の世の海賊の末裔でございます。互いの船に穴を開けたり、帆を折ったり、それはもう、喧嘩さながらだそうで」

「それは凄まじいの」

俊平が言うと、

「さようで――」

玄蔵も笑う。

「丸亀藩は高松藩同様、さして大きな藩ではございませんが、領内にて金毘羅大権現を護っております。大坂からの船便も多く、領民の人気は高いそうにございます」

「そのようだな。金毘羅山といえば、四国きっての名山じゃからの」

「江戸からも、毎年多数の参拝客が訪れております」

「祀っておるのは、瀬戸内を護る海の神であったな」

俊平は、輝姫や神保が語っていたことを思い出して言った。

「丸亀藩では、江戸の上屋敷に金毘羅様を分社しておるそうでございます。ところで、その江戸の金刀比羅宮で、こたび小火(ぼや)がございました。高松藩がやったとの噂も出ております」

「それは、ただならぬことだ。いかに水戸藩が後ろに控えていようと、火付けは大罪。高松藩はお取り潰しともなろうぞ」

俊平は高松藩の荒々しさに驚いた。他藩の上屋敷、しかも金刀比羅宮に火を付けるなど、正気の沙汰ではない。

「さようで。国許の老臣たちは、青ざめていると申します。しかし現藩主の松平頼桓(よりたけ)様は、御年十八歳。血気盛んで、急進派の家臣たちに焚(た)きつけられていると聞きます」

「それは、まことに困ったことだ」

「あと、いまひとつ。これは、さなえが丸亀藩の藩邸に潜り込んで、聞いてきた話なんでございますが」

　玄蔵がさなえにふりかえり、頷くと、

「ほかならぬ、輝姫さまのことでございます」

　と、さなえが言い継いだ。

「おお、詳しく知りたい。塩飽衆のもとで育てられたのであったな」

「はい。姫さまは、まこと塩飽の民に惚れ込んでございます。ゆくゆくは塩飽の若頭、勇蔵という男と、一緒になるという話までございます」

「そうか。姫は弟子を大切に育てているが、その者を好いているわけではないのだな」

「その絵描きの若者は、鶴次郎と申しまして、〈見返り美人〉を描いた菱川師宣殿の弟子筋でございます」

「うむ、その話は聞いている」

「その男、さすが美しきものに目が肥えていて、美術商の番頭もつとめており、丸亀城で商いをしておるところ、姫の目に止まったようでございます。鶴次郎の仁清を見る眼は確かで、鍛え直せば絵描きの才能も出て来るはずと熱心にすすめ、江戸で伝手を頼って版元に売り込んだそうでございます」

「その版元が、あの春秋屋殿というわけだな」

「はい。しかし絵の才能は、私の見るところ、鶴次郎より姫のほうが、はるかに上のようでございますよ」

「そうか、輝姫の腕前はそれほどのものか」

俊平が言った。

柳生藩の小姓頭から用人見習いになった森脇慎吾が、二人の前に菓子を用意してきた。

俊平の側室、伊茶特製の酒蒸し饅頭である。

玄蔵の顔がほころんだ。すっかりこの男の好物になっている。

「さ、食え、食え」と俊平は促して、「それはそれとして、輝姫の存在が、高松藩の荒くれどもに知られておるのは厄介だ」

「はい。しかも高松藩は、それなりに腕の立つ者たちを、用意しているとも聞き及びます。それに対して、姫一行は無防備。いつ襲われるかわかりません」

「されば私も目を配らねばならぬようだな。塩飽衆も、姫を護るべく動きだしておるとはいうが」

「塩飽衆は、江戸にもかなり出て来ていたようでございます。というのも、今や島には仕事が少なく、江戸や京、大坂で造船の腕を買われて、船大工や宮大工になる者も少なくないとか」

「その話も上様から聞いたぞ。大したものよな。だがそれにしても、輝姫には用人が付いておる。たしか、神保と申す若者であったが」

「されど、あの男の剣術はまったく役に立ちそうもありませぬ。丸亀藩にはあまり期待はできぬようで」

玄蔵が笑った。

「お庭番の仲間うちでも、この話、高松藩の横暴を嫌う者が多く、なんとかしてやれ、と言われております。あっしも、やりがいを感じております」

玄蔵はそう言って、慎吾の用意した酒蒸し饅頭をぱくりとやった。

だいぶ気合が入ってきたらしい。

五

「柳生様が浮世絵にそれほどご執心とは、ついぞ存じあげませんでしたよ」

深川仲町にある料理茶屋〈蓬莱屋〉で辰巳の花形芸者染太郎が、俊平の馬喰町でのひと暴れを聞いて、妙にはしゃいだ声を出した。

「なに、むろん私も浮世絵は嫌いではないが、ご執心というほどではなかったのだ。さるきっかけで、人を助けることになってな」

「まあ、人をお助けする柳生様のようなお強い方には、いやでも事件が付いて回るのでございますね」

梅次が、頼もしげに俊平を見返した。

〈蓬莱屋〉で、久しぶりに一万石同盟の宴を開こうという話が持ち上がり、周りから兄弟のようだと揶揄されている三人の小大名が、この店に集まったのは旧二月の中旬で、春もたけなわ、桜の蕾もぼちぼち開きはじめている。

集まったのは、柳生俊平の他、伊予小松藩主一柳頼邦と、筑後三池藩主立花貫長である。

供の家臣は家臣で、別室でよろしくやっている。

片や小柄な体軀で、鼠のような小作りの顔の一柳頼邦、一方九州男児といったでかでかとした顔、大きな体軀の貫長とは対照的で、これまたそれぞれの体つきに相応しい芸者が寄り添っている。

頼邦に付いているのは、まだ十代の地のままが売りの豆奴で、貫長のほうは、飄々とした味のさっぱり美人染太郎が付いている。

俊平のお相手は、姐御肌、つるりとした肌の持ち主で、眉の太い梅次であった。

「いえね。あたしは、浮世絵が大好きなんですよ。ことに美人絵は大好きで、もう二十枚ほど集めています」

と、染太郎がちょっと自慢げに言う。

「ほう、それは知らなかったぞ。浮世絵のどこがそれほどよいのだ」

貫長が、染太郎をうかがった。

「さあ、どこがよいのかしら。あまり考えたこともないんだけど。妙に惹かれるんですよ。必ずしも、描かれた女人の美しさに拘っているわけではないんですけど、独特の女らしさに惹かれるんでしょうねえ」

染太郎は、どこか告白するような口調で言う。

「面白いことを申すな。深川の辰巳芸者は、黒の紋付をはおり、化粧も派手にはしておらず、男勝りの女たちで世間に通っているから、女の美しさに惹かれるとは、これはまた奇妙なことだ」

無骨者で、伸びた顎髭を剃ろうともしない立花貫長が、そう言ってごそりと顎を撫でた。

「あらまあ。こう見えて、あたしたちだって女なんですよ」

梅次が、口を尖らせて言う。

「そうそう、だから強い殿御に惹かれるのです」

染太郎が、ちょっと商売っ気を出してそう言い、三人を笑わせた。

「手元に何枚かありますよ。お見せしましょうか」

「ぜひ見たいの」

貫長が言う。

染太郎が、お銚子を卓に置いて立ち上がり、部屋を出ていった。

ややあって、浮世絵の束を抱えてもどってきた染太郎は、

「これは、全部あたしの大切な宝物。お客様にお見せするのは初めてなんですよ」

と、みなの前に一枚一枚浮世絵を丁寧に広げて見せた。

「ほう……」

男たちが、それぞれ手に取り揃って驚きの声を上げた。

「美しい……」

一柳頼邦が、かぶりつくように顔を浮世絵に近づけて言う。

「ほれほれ、頼邦殿。涎が落ちるぞ」

立花貫長が頼邦をからかった。

「いや、どれもこれも見事なものだのう」

頼邦が、惚れ惚れした口ぶりで言う。

「これは、選ぶ者の目利き具合もあるのであろう。よく出来た作品ばかりを集めているな」

貫長が、感心して染太郎を見返せば、

「まあ、うれしい」

染太郎が、貫長に絡みついた。

「ふむ。こうして見ると、やはり浮世絵にはある種の型のようなものがうかがえるな」

俊平が、頷いて言う。

「はい。顔はたしかに、どれも同じようなものに見えます。型で描いております」

染太郎が、みなを見まわして言う。

「美人絵の女は、少女のようなあどけなさを持つ女が描かれる場合が多いと申しますが、でも、こうして見るとそればかりではないようですよねえ」

梅次が、浮世絵を一枚一枚手に取って言った。

「目が特徴的で、小さくて、切れ長なんです」

染太郎が、横からのぞき込んだ。

「そうですねえ」

豆奴が、頷いた。

「細面だが、ちと下膨れした顔が多いな」

俊平が、三人の芸者の顔と絵を見比べながら言った。

「あら柳生様。そんなに、あたしを見つめないでくださいましよ」

染太郎が、頬を染めた。

「それで、柳生様。あなたさまが、この頃警護なされておられる女絵師というのは、どのような絵を描くのですか」

梅次が訊ねた。

「美人絵、それも世に言う〈見返り美人〉ばかりなのだ」

「まあ、菱川師宣の描いた……」

染太郎が、驚いて俊平を見返した。

「また、江戸では〈見返り美人〉が大変な人気になっているそうですね」

梅次が言う。

「〈見返り美人〉か。わしも知っておるぞ」

立花貫長が、盃を置いて俊平を見返した。

「だがあれは、正しく申さば、浮世絵版画ではなく、肉筆画であったな」

一柳頼邦は、博識ぶりを披露した。

「へえ、そうだったのですか。でも、版画も描いていたのではなかったでしょうか」

染太郎が、頼邦に訊ねた。

「それは、私も話に聞いている。師宣は浮世絵の祖のような人物だ。師宣が好んで描いたのは、二大悪所の遊里と芝居町だ」

俊平が言った。

「へえ、けっこうくだけたお人だったんですね」

梅次が、感心して俊平を見返した。

「ああ。悪所は、庶民の憧れの地だが、一方でなかなか訪れることのできない所だからな」

立花貫長が言う。

「そなたも、なかなかに物知りだな」

俊平が、笑って貫長に酒器の酒を向ける。

「たしかにそう言われてみれば」

染太郎が、笑って貫長を見返した。

「それならこれからは、その女絵師のおかげでその師宣の〈見返り美人〉を、浮世絵でも見ることができるわけですね」

染太郎が言った。

「そういうことになるな。それだけに、その絵描き、巷(ちまた)では大人気でな。仕事の現場では見物人が鈴なりだ」

俊平が言った。

「そうでしょうねえ」

染太郎も頷く。

「江戸の町衆は、よく知っておってな。熱心に応援してくれる」

「その絵描きさん、幸せなお人ですよ」

梅次が言った。

「だが、そうでもないのだ」

俊平が言葉を重ねた。

「なかには、質の悪いやくざ者がおってな。なにかと絵師にちょっかいを出してくる」

「まあ、いやな奴」

豆奴が、顔を顰めた。

「絵の邪魔をして仕事が止まることもよくあるのだよ」

「それは、いけません」

俊平が言うと、梅次が怒る。

「お局館の吉野を描いてもらっている縁でな、私もこの女絵師を護ってやらねばならぬことになった」

「まあ、柳生様も、変わっていらっしゃる。お大名が女絵師を護ってやるなんて」

「なに、私も好事家でな」

「でも、その男たちは、なんでちょっかいを出してくるんでしょうね」

「そこなのだ。話を聞けば、ちと事情が入り組んでおる」

「へえ、どのような」

梅次が、二人の芸者を見返して俊平に問いかけた。

「じつは、これには藩同士の確執が絡んでいるのさ」

「まあ」

女たちが顔を見合わせた。

「まず、この女絵師、只者ではない」

俊平が、言う。

「まあ、どなたさまなので」

「じつは、四国丸亀藩の姫君なのだ」

「まあ、姫さまが絵師だなんて」

女たちは、みな信じられないといった顔つきである。

「ほう。姫君が浮世絵を描く世の中になったのか」

一柳頼邦も、意外そうに声を上げた。

「その姫さま、少し変わった経歴の持ち主でな。妾腹の子ゆえ、領内の塩飽衆という元海賊の一党のもとに預けられたのだ」

「なるほど、世間にはよくある話だな。藩主が正室の目を恐れてのことであろう」

貫長が、面白そうに言う。

「そういうことだ」

俊平が言えば、女たちが揃って含み笑った。

「その塩飽衆という海の男どもが、また変わっていてな。もとは海賊だが、ついこの間までは、朱印状を得て諸国の海を股にかける海運業者だった」

「ほう。瀬戸内にはそのような一族がおったのか」

貫長が、面白そうに身を乗り出した。

「塩飽衆なら、知っておるわ。村上水軍の一派で、東の瀬戸内を支配しておった」

一柳頼邦が言う。

頼邦は、伊予の大名ゆえに、瀬戸内の事情には明るい。

「その塩飽衆が、隣の高松藩と漁場の争いで揉めているのだよ」

俊平が言う。

「なるほど、されば、そのごろつきどもは、さしずめ高松藩の雇われ者なのだな」

立花貫長が言った。

「そのとおりだ。姫は塩飽衆のなかで育った娘なので、嫌がらせをしているのだよ。大名同士は争いごとはご法度なので、仕方なく町のごろつきを雇い入れている」

「まったく、大人げないことをする」

貫長が怒気を溜めて言う。

「うむ、まことにの」

頼邦も、大きく頷いた。

「いや、大人げないのは道理で。まことに若い藩主なのだ」

俊平が笑って言った。

「これは驚いた。まだ二十歳にもなっていないのか」

貫長が、またあんぐりと口を開けた。

「まだ十七、八と聞く。周りが、寄ってたかってその若い藩主を焚きつけているのだろうな。高松藩は藩士もみな海賊のような連中らしい」

俊平が言った。

「それでも先代藩主は穏やかな人柄であったそうだが、代が替わって、若僧の時代となってからは、ずいぶんと荒々しくなっておる」

頼邦が、俊平に言葉を添えた。

「そなたの伊予小松藩も四国ゆえ、なかなかに詳しいの」

「なに、四国は狭いのだ。伊予と讃岐は大分離れておるが、いずれも瀬戸の海に面しておる。噂は、よく聞こえてくる」

「ふむ。小松藩の辺りも、海賊の巣窟であったと聞いたことがある」

貫長が、面白そうに顔を向けた。

「おった、おった。来島海賊と申して、瀬戸内の西海域では、天下無敵を誇ったという」

「来島海賊といえば、今は豊後森藩のあの久留島光通の先祖か」

俊平が、はたと気づいて頼邦に訊ねた。

久留島は、俊平のどこが気に入らぬのか、たびたび喧嘩を売ってくる。

「そうだ。来島海賊の先祖は、芸予諸島を中心に活躍した来島村上家であった」

頼邦が、記憶を辿りながら言った。

「今も瀬戸内の海域には、海賊の末裔が多く住んでおる。わが小松領にも大勢おる」

「そなたと無縁ではないのか」

俊平が、驚いて頼邦を見返した。

「そうだ。領主である一柳家にも、なにかと難癖をつけてくるのだ」

一柳頼邦が、顔を歪めて言った。

「それは、大変だの」

貫長が唸る。

「多くが、真言宗の門徒でな。徒党を組んで、時に略奪を行い、航行する船に難癖をつけて、通行料を取ることもある」

「今でも、海賊をやっておるのか」

貫長が、呆れ顔で訊ねた。

「まあ、そのようなものだ。一万石大名では処理しきれぬことも多く、頭を抱えておる」

「それは、知らなかった。おぬしの藩も苦労がたえぬの」

貫長が、なぐさめるように頼邦の肩をとると、

「夜も寝られぬわ」

一柳頼邦が声を震わせた。

「それは、ちと大仰（おおぎょう）であろう。そなた、のんびりした顔をしておる」

「それにしても、讃岐の国は小さい。藩もさして大きなものではない。それが、隣同士でいがみ合っているのか」

貫長が、けちな奴らだと嘲笑った。

「おいおい、我らは一万石だ。奴らよりさらに小さい」

他人（ひと）のことは言えぬぞと、俊平が言えば、女たちが笑う。

「だが金毘羅様なら、高松藩も尊崇しているという。案外、仲が良いのではないのか」

「いや、そのようなことはない。漁場の争いはつづいている。幕府もこれには頭を抱えているという」

頼邦が言った。

「まあ、讃岐の海賊のお話はこれくらいにして、お座敷芸の金毘羅船船でもして遊びませんか」

染太郎が笑って男たちに訊ねた。

「いや。まだ酒を始めたばかりだ。それより、わしは讃岐のうどんが食いとうなった」

「まあ、我儘（わがまま）なお方。子供みたいですよ」

染太郎が、貫長をからかった。

「讃岐のうどんがあるとは思えませんが、うどんならご用意できますよ。調理場に訊いてみます」

豆奴が立ち上がった。

「済まぬな、豆奴。讃岐の話をしているうちに、無性に食べたくなっての」

貫長が、豆奴の背に声を投げる。

「よいな、うどんは私も大好物だ」

一柳頼邦が言った。

「讃岐は、のどかな海、金毘羅宮、うどんといろいろあって良いな」

貫長が言った。

「うどんのかたちは、つい数十年前までは団子状のものを薄く伸ばしたのが主流だったという。元禄の頃に、今の麵状のものになったという話だ」

頼邦がうどんの歴史を披露してみせると、みなが感心して見返した。

「四国は、うどん作りに適した土地なのであろうな」

俊平が、頼邦に訊ねた。

「まことにの。温暖な気候、雨も少なく土壌が良いという。それに瀬戸内の潮、出汁の炒り子が用意されておる」

頼邦が言う。

うどんの支度が出来たと見え、女たちがつぎつぎに、盆に載せたどんぶりを運んでくる。

「まあ、蘊蓄はそれぐらいにして。さっそく食おうではないか」

貫長がそう言って箸をつければ、よほど美味いのか、一言も言わず、食べつづける。

「おお、豪快じゃのう、貫長殿」

俊平も、貫長につられるように箸をつける。

「これは、旨い」

俊平も、目の色を変えて食べはじめた。

頼邦も、ただひたすら食べまくる。女たちも、無言である。

「もう、なくなってしまったぞ」

貫長が、呻くように言った。

「もう一膳、ご用意しましょうか」

梅次が、不満そうな貫長の顔に訊ねた。

「おいおい、あまりうどんばかり食べては、料理が食べられなくなるぞ」

頼邦が貫長をたしなめた。

「なに、どうせ仕出しの料理だろう」

貫長が冷やかせば、

「まあ」

と、女たちが怒りだした。

「冗談、冗談」

貫長が、しきりに頭を撫でた。

「まあ、ともあれ折角の酒が不味くなる」

貫長が残念そうに、どんぶりを膳に置いた。

「四国はの、諸藩が、江戸留守居役同盟を結んでおる」

江戸留守居役同盟は、幕府の動静を探るため、諸藩が結成した同盟で、それぞれの藩の留守居役が茶屋に集まって、情報を交換し合っている。

「ほう、四国の諸藩がの」

留守居役は、諸藩の重要な外交官ゆえに、特権を与えられ、はぶりがよい。

「それで、うちの藩も、その四国の同盟に顔を出すのだが、高松藩は土佐や徳島などの大藩を差し置いて、我が物顔に振る舞い、たいそう鼻息が荒い」

一柳頼邦が悔しそうに言う。

「ほう、さすが徳川家御一門の威光だな」

貫長が、感心してみせた。

「瀬戸内の海に面する諸藩は、いずれも戦々恐々でな。海賊どもの末裔を下手に刺激したくもないので大人しく従っている。とにかく、幕府に妙な告げ口をされるのも嫌だし、揉め事を起こすのも嫌だしな」

「わが藩の留守居役など、部屋の片隅で小さくなっておるらしいわ」

「なるほどのう」

「ふむ、ふむ。それで高松藩は四国の覇者のように振舞っているのだな」

貫長はうなずいて話を聞いた。

「そういうことだ。京極家も、その席では小さくなっておるという」

一柳頼邦は、そう言って盃の酒を飲み干した。

「若い藩主も、そうした両家の長い争いの歴史を受けて、粗暴に振舞っておるのであろうな」

俊平も納得して、酒を口に運んだ。

「讃岐は良いのう。金毘羅様があって、うどんも美味い」

今度は、一柳頼邦が言う。もうだいぶ酔っているようである。

「それで俊平殿、姫の難儀じゃが、本気で助けてやるつもりか」

貫長が訊ねた。

「むろんだ。高松藩のやり方は、見ておられぬのでな」

「だが、相手は徳川ご一門。その背後には、水戸家が付いておるのだぞ」

「なに、私は町の悪党どもを懲らしめるだけだ。それ以上のことは、かかわりを持たぬ。それに、姫は両藩の漁場利権の話とはかかわりないはず」

「そのとおりだ」

一柳頼邦は、大きく頷いた。

「頼邦殿、俊平殿に手を貸してやってくれ」

貫長が、頼邦に頭を下げた。

「それは良いが、私にはなにができる」

「まず、海賊どもの動向を探ってくれ。その留守居役同盟に、いま少し頻繁に出席させてはどうか」

貫長が頼邦の顔を覗き込んだ。

「それはたやすいが、我が藩が会に臨んだところで、どれだけのことが探れよう」

「まあ、それはそうだが、出ぬよりはましだ」

俊平は、笑っている。

「あいわかった。当家の留守居役を出席させることにしよう。あの者、のんびりしておるが、藩内では耳は兎の耳、地獄耳との評判がある」

「それは、頼もしい」

俊平が、一柳頼邦の肩をたたいた。

「さあ、つぎはお酒でございますよ。伏見から良いお酒が届きました」

梅次が三人の大名を見まわして言った。

「されば今宵は、心行くまで飲むといたそう。久しぶりの一万石同盟の宴だ」

一柳頼邦が言う。

「まあ、賛成」

豆奴がはしゃぐ。

俊平はそれを笑って見守りながら、

（はて、これからが一苦労だな）

と、姫と丸亀藩京極家の周辺に思いを馳せるのであった。

第二章　海の民

一

「柳生先生、もうご覧になりましたか」

団十郎一座の女形玉十郎が、めずらしく威勢のいい足どりで、三階奥の大御所団十郎の大部屋に駆け込んできた。

この部屋は座頭(がしら)団十郎の控え室ということになっているが、若手が好んで出入りするようになってからは、座員が気軽に入ってくるため、部屋のなかは役者たちが犇(ひし)めきあっている。

俊平は団十郎と茶を飲みながら、つぎの出し物の演出を、あれこれ語り合っているところであった。

俊平は、こんなふうに団十郎の芝居の演出について語り合うのが、この座を訪ねるいちばんの愉しみである。

つい時を忘れて語り合っているところに、玉十郎が現れ、俊平は眠りから起こされたような気分で、すこし不機嫌であった。

玉十郎は、なぜか懐に手を入れている。

「玉十郎、目の色が変わっているぞ。いったいなにがあったのだ」

団十郎が、俊平の気分を察知して叱るように玉十郎に言った。

「ほかでもありませんや。吉野さんの美人画が、もう出来上がったので」

玉十郎は、気に入ってもらえる話題と信じていたようで、強い口調で言った。

「おや、もう、出来上がったのか」

俊平が、意外に思って問い返した。

「へい。それが、とにかく町じゅうで凄い人気でしてね。もう、飛ぶような勢いで刷り出されているそうでさあ」

「それは、たしかに凄い話だ。人気は絵のせいなのか、それとも吉野の女っぷりか」

笑いながら俊平が問うた。

「どっちもでしょう。でも、どっちかといえば、やっぱり絵のほうでしょうね。こんな見事な美人画はこれまで見たことがないほどだと、町じゃ今、奪い合いになっていまさあ」

「そいつは、ちと大袈裟ではないか」

団十郎が、笑いながら言った。

大御所はじつは、半年ほど前から一座の役者絵を描いている輝姫を実の娘のようにかわいがっているというだけに、嬉しそうである。

「あっしも吉野さんご本人をよく知っておりますが、絵になった吉野さんは、そりゃあすこぶるつきの別嬪でございますよ」

「それは、ぜひ見たいものだ」

俊平が、団十郎と顔を見合わせて言った。

「それじゃあ、さっそく」

玉十郎はそう言って、ちょっと勿体ぶってから、

「こちらをご覧くだせえ」

と、俊平と団十郎の前に、四つに折っていた浮世絵をどんと広げてみせた。

「おお、これは……」

俊平は、その絵を見るなり言葉を失った。

たしかに息を呑むほどの美しさである。吉野だと言われれば吉野だが、別人のようでもある。

「だが、これはまことに吉野なのか。吉野なのか」

絵のなかの吉野は、まるで別人のように麗しく、輝くように活き活きと描かれている。

しかし、俊平がいつも見ている吉野の姿とは、少しちがうようにも見える。

「柳生様、浮世絵というものは、こういうものでございますよ。それぞれの絵描きなりに型というものがございまして、大なり小なりみな似たようになるんで」

団十郎も、いつも役者絵を描いてもらっているだけに、浮世絵のことは詳しいらしい。

「普通の体つきよりずっと長身にしたり、目は細目に描くのが多いようです」

玉十郎が知っている知識を披露した。

「とにかく、その決まった型の中で絵描きの技を競うわけで」

「輝姫さまの作品は描写が緻密で、そのうえ色の組み合わせが、じつにお見事です」

「ううむ」

俊平も玉十郎と同意見で、食い入るように絵を見つめている。

「とても生き生きとした女になっているな、しぐさがいい」

俊平はあらためて感心した。

「そうですな、じつに鮮やかな絵です」

団十郎も言葉を重ねた。

「じつのところ、姫さまのお弟子さん鶴次郎さんとでは、だいぶ腕に差があるようでさあ」

玉十郎が、声を潜めて言った。

「たしかにの」

「それにしても、どうです先生。輝ちゃん、なかなかやるでしょう」

大御所が、愛用の銀煙管（ぎんギセル）をポンと火鉢にたたいて、得意気に言った。

「大御所、なんでそんなに輝姫についてご存じなんですかい？」

俊平が、あらためて団十郎に問うた。

「知るも知らないもありませんや。さっき言いましたように、娘のようなものなんでさ」

「これは、まこととも思えぬ話だ」

俊平は呆気にとられて団十郎を見返した。

「どこぞの姫さまだなんて、まったく存じあげねえもんだから、もう娘のように親しくさせていただいておりやしたよ。うちの役者は、あらかたみなそうで。なあ」

団十郎が、ぐるりと一座の若手役者を見まわすと、みな、へいと頷いた。

「まあ、無理もないねえ。まったく姫さまらしくない姫さまだからね。なぜ、あれほど姫さまらしくないのだろうな」

団十郎がそう言って、あらためて不思議そうに首をかしげた。

「そりゃ、大御所、海賊に育てられたからでございましょう」

玉十郎が言う。

「そりゃ、ほんとうかい」

団十郎の付け人、達吉(たつきち)が、疑わしげに玉十郎を見返した。

「らしいな。おれも聞いて、びっくりしたよ」

団十郎は、濃いめの茶の入った大きな湯呑み茶碗を摑み、面白そうに言った。

「海賊の娘ねえ」

座付き戯作者(げさくしゃ)の宮崎(みやざき)翁も腕を組み、あまりに風変わりな話の顚末(てんまつ)に、信じられないといった顔つきである。

「海賊に預けると、あんないい娘になるらしい」

団十郎が相好を崩して言う。

「ところで、このところの大御所の役者絵は、みな姫が描いているのかい」

俊平が訊ねた。

「あっしのやつは、あの姫に描いてもらっておりやすがね、他は、お弟子の鶴次郎さんに描いてもらっている者も……」

「なるほど、姫はいつも鶴次郎を連れてやってくるんだね」

「姫さまのご贔屓なんでしょうねえ、鶴次郎さんは。あっしと大御所以外の役者は、鶴次郎さんに描いてもらっている者が多いですよ。自分の役者絵を描いてもらえるというので、みな喜んでおりまさあ」

宮崎翁が微笑んでいる。

若手役者は姫に描いてもらえず、いささか不満らしい。

「しかし、芝居小屋の楽屋は女人禁制だろう。いったい、どこで描いてもらっているんだい」

「版元の春秋屋まで出かけて行って、飲み食いしながら描いてもらうこともあれば、料理茶屋に招待されて描いてもらうこともあります。ああ、そういやあ時折、鶴次郎さんじゃねえ別の若い衆が、姫さまに付いてくることもありましたっけ」

「そうか。おそらく、塩飽衆の者だろう。瀬戸内の海賊の末裔という……」

「へえ、海賊ですかい」

若手で売り出し中の百蔵（ひゃくぞう）が、とぼけた声を上げた。

「海賊というのも、戦国の世の話だよ。今は仕事がなくて、船大工のあとは、江戸まで出て宮大工のようなことをしている者も多いらしい」

玉十郎が、得意気に塩飽衆の現状を説明してみせた。

「ところがその輝姫さまが、ちと厄介ごとを抱えているようなんだよ」

俊平が、憂い顔を作って言った。

「厄介ごとですかい」

団十郎が怪訝（けげん）な顔をした。

「ああ、塩飽衆に喧嘩を売ってくる大名家があってな。その大名家が、江戸にいる姫にまで絡（から）んでくるというのだ」

「え、そりゃあ妙な話ですねえ。れっきとしたお大名が、海賊のように血の気の荒いことをなさる。どこの大名家です」

玉十郎が、素っ頓狂（とんきょう）な声を上げる。

「讃岐国の高松藩だよ」

「高松藩と言えば、ご縁がねえでもねえです。あそこのご藩主松平頼桓さまは、何度か芝居見物にこられやしてねえ。もっとも、まだ十八歳のご藩主ですから、芝居が好きなのは、家老のほうかもしれないが」

団十郎が言った。

「高松藩は、瀬戸内の海ではもう我がもの顔で、周りの藩に絡んでくるというのだ」

俊平が説明すると、

「そいつは、いけねえな」

「じつは柳生先生、大御所はあの藩の連中が大嫌いなんで」

団十郎が顔を歪めた。

「いえね、その藩主、まだ若造なんですよ。なんとも我儘な意地っ張りでねえ」

達吉が、苦笑いして横から口を挟んだ。

「大御所も、我慢の限界にきているところで」

団十郎が吐き捨てるように言うと、

「そのくせ、先方は大御所が嫌っているのがわからねえんで」

玉十郎が言葉を添えた。

「まあ、若造だからね」

団十郎が嫌そうに言う。

「ぜひ、いちど会ってみたいものだ」

「やめたほうがいいですぜ。あの藩主、誰かれかまわず突っかかってくる。きっと喧嘩になりますよ」

達吉が、声を潜めて言った。

「いや、そう言われると、ますます会ってみたくなるな」

俊平があくまで強く言い張った。

「天邪鬼(あまのじゃく)なお人だ――」

達吉が、苦笑いした。

「でも、そんなに滅多に来るわけではありませんよ」

団十郎はそこまで言ってから、ふと思い出したように、

「そういえば、今日は水戸の徳川宗翰(むねもと)様がお見えになる日だったな」

玉十郎に訊ねた。

「へい、そうですが」

「水戸様も御年十歳の若さですが、歌舞伎好きの家老衆に連れられて、よくおいでになります。我らを座敷までお招きになることも、たびたび」

団十郎が言う。

「そうか、水戸様はまだご幼少なのであったな」

「讃岐高松のお殿様とはちがって、大人しいお方でございますよ。あまりお口をおききにならない」

「遊びたいお年頃だろうに、それはそれで妙なお方だ」

俊平が笑った。

「ですから、こちらもなにをお話ししていいのやら、肩が凝ってしまいまさあ」

団十郎が後ろ首を撫でた。

「それでも、幼いながら芝居はお好きなようで、出し物もおわかりになっているようです。突然、団十郎、ここであの場面を演じてみよ、などとおっしゃるので、面食らっちまいますがね」

宮崎翁が団十郎に代わって言った。

「いやいや、あんなに幼いのに、贔屓にしていただけるのはありがたいことで」

と、団十郎が首を竦めてみせた。

「大御所、ひょっとして――」

玉十郎が、思いついたように声を上げた。

「水戸公のお席に、縁戚の讃岐高松藩の松平様がお越しになることがありますね」

「そうだ。だから水戸様のことが気になったのだ」

「ひょっとして、今宵も松平様が現れないともかぎりませんよ」

「ああ、ひょっとするとな」

団十郎が煙管に刻み煙草を詰めながら、ふむふむと頷いた。

「おい、それは今日のことなんだな」

俊平が、確認するように身を乗り出した。

「へい、今日のことで――」

玉十郎が応じた。

「それなら、私も同席できるではないか。今宵の宴会の席に、同席させてもらえないかね」

「そりゃ柳生先生、あっしどもは一向にかまいませんが、ぶつからないでくださいましよ」

達吉が、笑いながら言った。

「幸い私は、水戸公とも高松藩主の松平殿とも面識がない。座付きの茶花鼓(ちゃかぽん)の先生に徹して、静かにしているよ。髷(まげ)も崩して、遊び人ふうにしておこう」

「はは。それなら、よろしゅうございますが」

大御所が、達吉と顔を見合わせ苦笑した。

「だいじょうぶだよ。まあ任せてくれ」

そう言って団十郎らに笑いを振りまき、ぶらり部屋を後にした俊平は、楽屋裏を出て、町の賑わいのなかに飛び出していった。

外はもう闇が降りている。

「おやっ……」

俊平は、意外な人物を見て立ち止まった。

腹違いの弟、松平新十郎定利(まつだいらしんじゅうろうさだとし)である。

俊平とは歳も近く、若き日には一緒に道場の剣術稽古へ通ったものであった、新十郎の剣の腕は兄の俊平を上回っており、道場の床にたたきのめされた記憶もある。

久松松平家十二男、幼い頃から俊平と同じ部屋住みの立場であったから、むろん今も部屋住みであろう。

しばらく会っていなかったが、最後に会った時に新十郎は、柳生家に迎えられ将軍家剣術指南役となっている俊平を、ひどく羨んでいた。

そして、一抹の敵意すら感じられるほどであった。

だから、新十郎とはそれ以来会っていない。しかし懐かしい思いも多々ある。

「やあ――」

と、声をかけようとして、俊平は踏みとどまった。

新十郎には、連れがいる。

町のよからぬ男たちのようであった。いずれも人相が険しい。

頭に刀傷のある者もおり、他の者たちも目つきが尋常ではない。よほどの極道者たちであろう。

新十郎には声をかけずそのままやり過ごし、煮売り屋〈大見得〉の暖簾をくぐると、お銚子一本で軽く喉を潤してから、やおら中村座にもどってみた。

もう大御所市川団十郎をはじめ、主だった役者たちが、一丁ほど先の芝居茶屋〈泉屋〉に向かった後であった。

〈泉屋〉はこの界隈きっての大所で、芝居好きの大商人や大名、旗本、大奥のお局たちが、贔屓の役者を呼んで談笑する寛ぎの場になっていた。

すでに水戸藩主徳川宗翰一行は到着しているらしく、帳場近くにも、水戸藩士たちの姿がちらほら見える。

にやりと笑って座敷を見まわすと、三十畳ほどの二階大部屋には大勢の客が溢れ、むせ返るばかりであった。

女たちに囲まれ、顔をわずかに上気させているのが、水戸中納言徳川宗翰と水戸家の家老たちであろう。

その背後には、場違いな極道者たちまで控えている。

「あの極道者たち、やはりいたか。ということは、今日は高松藩の者たちも来ているな」

俊平が、にたりと笑った。

もう一人、宴席の上座に二十歳にも満たぬ藩主然とした若侍がいる。讃岐高松藩主の松平頼桓であろう。

また、豊後国森藩藩主、久留島光通もいる。

戦国時代は主に瀬戸内海の西部一円を支配していた村上水軍の一軍、来島水軍の末裔で、関ケ原の合戦では西軍に従ったものの、福島正則（ふくしままさのり）、本多正信（ほんだまさのぶ）の取り成しで取り潰しを免れ九州豊後へ転封（てんぽう）となった。

悪徳米商人、角間伝兵衛（かくまでんべえ）と謀（はか）って諸藩を借財地獄にし、漁場の利権を奪うなど、海賊さながらの所業を行い、影目付の俊平と対立したことがあった。

水戸家徳川宗翰の脇で、水戸藩附家老の中山信昌にしきりに媚びを売っている。中山は幼少の宗翰を操り、藩政を恣にしていると、もっぱらの噂であった。

そしてその隣に、見覚えのある男がいた。他ならぬ先ほど町辻で出会った弟、松平新十郎定利であった。

（これは、どういうことだ……）

俊平は合点がゆかず、新十郎を見返した。

どうやら新十郎は、水戸藩の附家老か、高松藩あたりの取り巻きに成り下がっているらしい。

それが証拠に、新十郎の周りには他にも数名、人相のよからぬ浪人者がふてぶてしい表情で酒器を握り、紅ら顔で部屋を睥睨している。

（なんと。これでは宴席に顔を出すなどとてもできぬな……）

苦笑いして身を隠し、しばらくようすをうかがっていると、大御所の付き人達吉が俊平に気づいて、不審そうにこちらを見ている。

手招きして呼び寄せると、

「柳生様、どういたしました。なぜ、いらっしゃらないので」

と、達吉が怪訝な顔をして言う。

「ちと都合の悪いことができてな。それより、あの水戸藩附家老の隣におる男だが……」

「へい、あの黒の着流しの……」

「そうだ。あのやさぐれた感じの男だ。いつも一緒に来るのか」

「へい、ちょくちょく。高松藩の松平様がいらっしゃる時にはよく見る顔です」

「そうか、高松藩か。じつは、あれは私の弟なのだ」

「えっ」

達吉が真顔になって俊平を見返した。

「その、まさかだよ」

俊平が笑った。

達吉は、まだ信じられないといった顔で首をひねっている。

「部屋住みの身分でな。遊び暮らしているうちに、悪い仲間が出来てしまったようだ。しかも、あの海賊大名久留島とも親しいらしい」

やれやれと苦笑いすると、

「この店の二階は、まだ空いていよう。廊下奥の小部屋で待っているので、頃合いを見て弟を私のところに寄越してはくれぬか」

俊平は、達吉の肩をたたいた。

「まあ、それはようございますが……」

達吉は、少し気味悪がっている。

「なに、あれでもあ奴はまともな男だった。まだもとにもどれる脈はある。よく話し合えば、海賊仲間と縁が切れよう」

そう言って、達吉に二分の金を渡すと、

「柳生様、こんなにたくさん……」

達吉は、困ったような顔で金を受け取った。

「いいのだよ、取っておいてくれ。達吉には、いつも世話になってばかりだからな」

無理やり金を握らせて、達吉と別れると、俊平は廊下奥の小部屋に移った。そこで一人酒を飲んでいると、半刻（一時間）ばかりして、ふてくされたような顔をした新十郎がぬっと姿を現した。

「よう、久しぶりだな――」

俊平が、笑顔で語りかけた。

「兄者（あにじゃ）。なんで、こんなところに」

怪訝そうに新十郎が問いかけた。

「さっき、お前の姿を通りで見かけたのだ。他家の面々とここに入っていくんで、私も入ってみた。久しぶりで、お前と話がしたくなってな」

「おれには連れがいるんだ。帰るぜ」

「まあ待て、そう言うなよ。久しぶりの再会だ。兄弟ではないか」

すぐにふりかえって去っていこうとする弟を、俊平は呼び止めた。

「これまで、なにをしておった」

「なにをと言っても、なにもしておらぬ。お前とちがって、部屋住みのしがない身分だ。屋敷でごろごろして、酒を飲んでは、女にちょっかいを出している。そんなつまらぬ生活だ」

「親父がなくなった時、お主は葬儀に出なかったの」

いやいや座り込んだ新十郎が、酒器の酒を盃で受ける。

「どうせおれは、一族の余計者だ。出たところで、誰も喜ばぬ」

「ふむ、相変わらずだな……」

俊平は苦笑いして、酒器を向ける。

「お前はいい。今じゃ、ご藩主様だろう」

「降って湧いたような話であったよ。だがな、藩主というもの、成ってみれば苦労ばかりで、よいところなど何ひとつない」

　新十郎は、疑り深げに俊平を見た。

「それにの。藩と言っても、わずか一万石だ。一万石大名同士でよく集まることがあるが、いつも愚痴ばかりだ」

「そんなものかの」

　新十郎は、不敵に笑ってから、

「そうは言うても、お前は将軍家の剣術指南役だ。お前のような生くら剣法で、よくそこまで出世したものだ」

　嘲るように真顔で新十郎が言う。

「そのとおりだ。おれも、よくつとまっておると思う。幼い頃、剣術は私が兄のくせにいつも弟のお前のほうが上で、おれはたたきのめされていた」

「昔は昔だ。今はちがおう。お前が羨ましいぞ」

　新十郎が、初めて俊平を見返し笑った。

「そんなことはない。私はな、もともと欲のない男でな。茶花鼓に興じて楽に暮らせば、それでよかったのだ。妙な役が回ってきたものだよ」

　俊平は、酒器を新十郎に向けた。

新十郎が憮然と盃を出して受ける。

「だが今では、藩の財政に頭を悩ますだけのしがない立場だ」

新十郎はちょっといい気分になったのか、膝を崩し、盃を傾けはじめた。

「お前が羨ましいよ。お前は町を出歩いて、仲間をつくり遊べる身分だろう。私もそうしたいが、二度とそのようなことはできぬ」

新十郎は、斜めに俊平を見ている。

「おぬし、芝居が好きなのか」

新十郎が、怪訝そうに俊平を見返した。

「市川団十郎殿に、ちと懇意にしてもらっておってな」

「なんだ、のびのびとやっておるようではないか」

「なに、茶花鼓くらいがせいぜいのところだ。ところでおぬし、まだ嫁はもらわぬのか」

「おれのような者のところに来る女など、あろうはずもない」

「そんなことはなかろう、私は、部屋住みの時代に嫁を貰った。だがその嫁とは、柳生家に養子入りする時に強引に別れさせられてな」

俊平は、しんみりとした口調で言った。

その話は意外だったようで、新十郎は、ふと同情するような眼差しで俊平を見た。

「のう、新十郎」

「なんだ」

「さっき通りでお前を見かけたが、あれは仲間か」

「まあな……」

新十郎は、ちらと俊平を見返し酒を呷った。

「それが、いったいどうしたという」

「いや、なに……」

俊平は口ごもった。

「なにか、言いたいのだろう」

新十郎が、向きになって訊ねた。

「そうではないのだが、つきあう仲間は人生を左右する」

「だから、なにか言いたいのだろう」

「つきあう相手は選んだほうが良いということだ」

俊平は真顔になって言った。

「あれは、讃岐高松藩主、松平頼桓様が大切にされている者たちだ。通りにいたのも、高松藩の縁者たちだ」

「ご藩主は、まだ二十歳にもなられていないと聞くが」

「それでもあのお方は、早熟、聡明なのだ」

「いやあ、高松藩はちと評判が悪い」

「なんだと――」

新十郎が、目を剝いて俊平を見返した。

「わからぬな。高松藩の若き藩主が、なぜ江戸の荒くれ者とつきあっている」

「腕達者な者をお好きになられる。いちど藩邸で他流試合をしたことがあってな」

新十郎が笑った。

「その時、おれも参加したのだ」

「高松藩は周辺の諸藩との争いが絶えないという。上様も、ちと心配をしておられたぞ」

「ご藩主がお若いので、周りの海賊の末裔どもが絡んでくるのだ。だが、人はよく見ておられる」

「あの高松藩の殿様は、お幾つになられる」

「はて、十八ぐらいであろう」

「そうか」

俊平は笑った。

「それならば、取り巻きにふりまわされても無理からぬところであろう」

「そのようなことはない」

新十郎は憮然とした口調で言った。

「まあよい。水戸の徳川宗翰様も来ておったの。あちらは、さらに若い」

「まだ、子供だ」

「そなた、知っておるのか」

俊平が、新十郎に訊ねた。

「面識はある。いや、よくしてもらっておる。なんでも、おれの相談に快く乗ってくれる大切なお人だ」

「そうだったのか」

俊平は、わずかに首をかしげた。

どうやら新十郎は、高松藩を通じて水戸藩にまで首を突っ込んでいるらしい。

「こうしてはおれぬ。そろそろ、席にもどらねばならぬ」

新十郎が、思い出したようにそう言い、盃を膳にもどした。

「まだ来たばかりではないか」

「なに、宴席を抜け出してきたのだ。もどらねばならぬ」

新十郎はそのまま立ち上がった。

「今日は、いったいなんの宴席だ」

「高松藩の水軍は、今や日本一と言うてよい。それゆえ、水戸藩から江戸湾の護りを任せるよう、幕府に申し入れている。水戸藩の話では万事上手（うま）く行きそうだとのことでな。今日の宴は、いわばその前祝いだ」

「だが、江戸湾の護りは向井水軍が承（うけたまわ）っているぞ」

俊平が、怪訝そうに新十郎を見返した。

「向井水軍は、もはや船もろくに動かせぬ烏合（うごう）の衆と成り果てた。あれは、御座船（ござぶね）を先導し水軍の訓練をするくらいしかできぬ奴らだ」

「まあな。ところで、高松藩は塩飽衆ともめていると聞いたが」

「なんだ、藪から棒に」

「いや、ちと縁の者と知り合っての」

「奴らは、まことにたちが悪い連中だ。荒くれ者どもよ。高松藩の船に穴を開け、漁場に侵入しては、勝手に魚を獲っていく。ひどく迷惑をしているのは、高松藩だ」

「塩飽衆を抑えるために、時にそなたたちも手を貸してやっているのか」

「それほどのことは、しておらぬがな」

「あまり無茶をするな」

ひと言言い添える俊平を、新十郎は憮然と見返し、固い表情で部屋を去っていった。

俊平は苦い吐息をもらして、一人盃を取った。

二

市川団十郎一座の若手役者に茶花鼓の稽古をつけ終えて、一休みしている俊平のもとに、幕府お庭番遠耳の玄蔵がひょっこり姿を現したのは、それから六日後のことであった。

「それにしてもそなた、よい勘をしておるな」

俊平は、ぶらり団十郎一座にやって来たことを、むろん、玄蔵には知らせていない。

「まあ、それで食べているようなもんでございますから」

玄蔵は頭を掻いて、俊平の隣に座り込んだ。

「じつは、惣右衛門様にお訊きしましたら、ぶらり出ていかれたというので、たぶんこちらじゃあないかと――」

玄蔵は、自分の勘が当たったことを、ちょっと得意気に言った。

玄蔵はこれまでにも何度か一座を訪ねているので、若手の役者が気兼ねなく、玄蔵のために茶を用意してくれた。

茶を持参した若手は、玄蔵が熱めの茶のほうを好むことを知っている。

「それにしても、まったく我ながら気まぐれな藩主で困ったものだ」

「いいえ、御前はこうでなくちゃいけません。御前がお顔を出すところが大切なんでございます。上様にとっては、江戸の町を知る目と耳でございます」

「はは、そう言ってもらえると、ありがたいが」

俊平は苦笑して、一座をゆるり見まわした。

「で、なにか高松藩の動きはあったか」

「まだ詳細は摑めておりませんが」

源蔵の顔が、にわかに引き締まった。

「まずあっしは、輝姫様のご用人の神保様に当たりをつけました」

「おお、それはよい。いちど会うているが。気さくな男ゆえ、話しやすかろう。私もあらためて姫について、あれこれ訊ねてみたいものだ」

「御前がお訪ねになりたいと申しますと、ありがたいという顔をされました。力になっていただけると踏んでいるようで。それで、いちおう今夕、小名木町（おなぎちょう）沿いの船宿〈みおつくし〉で会うことにいたしましたが、ようございますか」

「私はよいが――」

「勝手に約束をしてきましたが、安堵いたしました」

「なんの、姫のことが案じられる。話は先に進めねばならぬ」

俊平は、今日はいろいろ世話をやいてくれた一座の茶花鼓の教え子に別れを告げると、玄蔵を伴い外に出た。

町の屋根の向こうの西の空が真っ赤に染まり、賑やかな通りに夕闇が静かに降りようとしていたが、人の通りは絶えることがない。

駕籠を拾って、待ち合わせ場所に向かえば、外は夜の色が濃い。

玄蔵が神保幸太郎に声をかけると、神保はあらためて大名に親しく接することに体を固くしていた。

「柳生様は、お忍びでお出ましである」

玄蔵が、俊平をあらためて紹介すると、

「いつぞやは、お助けいただきまして」

と神保は、神妙に平伏した。

「なあに、私は輝姫の美人画が好きなだけだ。その作者の姫が、危険な目に遭っていたようで、心配になったのだ」

「はい」

神保は、頭を上げて俊平を見返した。

「柳生様はな、そなたと塩飽衆だけでは、いささか心許ないともお考えでな」

「大きなお世話かもしれぬが、これも性分でな。それに世の不正を黙って見ていられぬ性分なのだ」

俊平は、自ら膝を崩して酒器を取った。飲めとすすめる。

「しかしながら、これは我が藩と隣り合う他藩の争いにて、柳生様とはかかわりのないことと思いまする。なぜにそこまで肩入れをしてくださるのです」

「だから、大きなお世話と言ったのだ。なに、姫に美人画をもっと描いてもらいたいだけだよ」

「と、申されても」

神保幸太郎は、もう一度首を捻って俊平を見返した。

「されば、私から申し上げよう」

玄蔵が助け船を出した。

「私は、幕府お庭番でな。世の不正を暴くお役目に就いている」

「ということは、幕府は、悪いのは高松藩とお考えで？　そして柳生様もそうお考えで？」

「それは、そうだろう。これは、権力を笠にきた弱い者いじめだ」

俊平がきっぱりと言った。

「はい」

神保は、納得した顔で二人に微笑んだ。

「さあ、酒を飲みながら話そう。この宿はな、これといった取り柄もないが、浅蜊飯がなかなか美味い。それに、白魚の新鮮なものも出してくれる」

俊平が言えば、神保が目を輝かせた。

「浅蜊飯は、大好物でございます」

「たらふく食べておくれ。それでな」

俊平は身を乗り出し、

「姫の仕事を邪魔するのは、みな、町の荒くれどもなのか。武士はおらぬのか」

「あらかた町のやくざ者ですが、浪人ふうの侍も混じっております」

「なるほど、高松藩は直接は出て来ることはないのだな」

「そこは、巧妙でございます」

「腕の立つ浪人者が相手では、そなたも大変だな」

「正直、私一人ではなんとも敵いませぬ。くどいようですが京極家は、戦国大名と目されておりまするが、武の家柄ではなく」

神保が情けなさそうに言う。

「わかっておる。先日も言うたが京極家は、武の家柄というより文のお家柄だ。室町の世からつづく名家にして、美術品の収集は世に名高い」

俊平が笑って言えば、

「はあ、そう言っていただければ」

神保は、懐から手拭いを取り出し額の汗を拭った。

「私も、道場に通い、剣術の稽古に励みましたが、なんとも……」

「はは、よいのだ。人には　向き不向きがあるものだ」

俊平は、笑いながら神保の腕をたたいて、なぐさめた。

「幸い、これまでは町の見物衆が助けてくれましたが」

「いずれ、そうも言っておられぬようになろうな」

「この争い、しだいに激しくなっております」

「うむ」

俊平は難しい顔をして頷いた。

「あっしも、そう思いやす。こんなところで終わるはずもありません」

玄蔵も、同意する。

「姫は、あまり気にしておられぬのか」

「姫様はいたって気丈なご気性でございまして、いつも群衆を巻き込み、追い払ってしまわれます。じつは、体術にも長けており、私などより、よほどお強うございます」

「ほう、大変な姫だな」

俊平は、玄蔵と顔を見合わせて笑った。

「それはもう、塩飽の方々のなかで、お育ちになられましたから」

「まさに、海賊の姫だ」

「とはいえ、高松藩は徳川御一門。背後に水戸藩が控えております。それを思えば、今後が気がかりでございます」

「そうであろう。しばらく、私が姫の作業場に同行いたすしかあるまいの」

「それは、ありがたいこと。ですが、姫は、周りに人を置きたがりません。まして、人の助けを借りるなど、まっぴらご免という性格で」

「無理か。それは残念だな」

俊平は、盃を置いて吐息を洩らした。

「しかし、姫の身を思えば、御前がお近くにおられたほうがよろしいのではないかと思われます。あっしも気をつけますが、剣客の相手はちと荷が重く」

玄蔵が、不安げにそうに言った

「せめて仕事場からの帰路はともにできぬかの」

「ならば、帰り道を姫に内緒でお教えいたします。陰ながら、柳生様に守っていただければこれほど心強いことはございません。しかし、まことに柳生様が直々に」

「私はたかが一万石の身軽な身、それほど気にすることはない」

「そう言っていただけると……」

三

「御前、やはり、こちらでございましたか」

遠耳の玄蔵が、路傍に身を潜める俊平、惣右衛門主従の前にすっと姿を現したのは、それから五日ほど経った夕暮れ時のことであった。

女絵師の輝姫が、写筆の現場に選んだ本所丸町から、およそ三丁余り離れた深川へくだる横川の掘割沿いでのことである。

「どうだった、今日の出来は」

「それが、また邪魔が入ってしまいまして」

忌々しそうに、玄蔵が言った。

「またか」

「吉野さんも、すっかりおびえて怖がっております」

「また、高松藩の雇われ者だな」

「今日も、町衆が応援してくれましてね。野郎どもがつっかかってくると、罵声を投げかけるは石を投げるはで追い払ってくれました。ただ近頃は、顔ぶれが凄味を増してきたようで、要警戒です」

「玄蔵がそう言うのであれば、用心せねばならぬな。神保はその間どうしているのだ」

「往来の隅で震えておりました」

「まことも思えぬ」

俊平は苦笑いして首を撫でた。

「今日は、ひとまず御前にお引き合わせしておこうと、塩飽衆を連れてまいりました」

玄蔵が、背後に立つ塩飽衆五人を呼び寄せた。

いずれも、潮に焼けた逞しい海の男たちである。

「ささ、暗いところにいないで、こちらに来て顔を見せておくれ」

俊平が男たちを招き寄せれば、男たちが並んで俊平の前に立ち、

「私らは瀬戸内の島で海賊の末の者として育ちました。あのような者など恐れるものではありません」

「それは、頼もしいの」

いずれもがっしりとした体軀の彫りの深い、たくましい男たちである。

「とはいえ、私たちは武士ではないので、陸に上がれば、できることはさして多くはありません。柳生様にご助勢いただければ、これにすぐる喜びはありません」

「そう言ってもらえれば、ありがたい。気になるのは、例の極道者らだ」

「それが、いちど追い払ったものの、どうもまた尾けられているような気がするん

で」

　一人が不安げに言った。

「なあに、奴らがいつ現れたって大丈夫だ。柳生様がついているからな」

　玄蔵が自信ありげに言う。

「それで、姫を警護している者は」

「はい、同胞の塩飽衆が三人ほど。それに姫様の侍女が一人」

「それでは、ちと心許のうございますな」

　惣右衛門が、心配になって俊平を見た。

「塩飽衆は瀬戸の大海賊の末裔、たやすくは敗れやしませんや」

　玄蔵は、惣右衛門の不安を振り払う。

「で、警護する塩飽衆の得物は――」

「懐刀を持つもの、長どすを握りしめる者など、まちまちでございます」

「それは頼もしい」

　俊平が、意外に塩飽衆は頼りになるなと踏んで頷いた。

「それで、姫はまちがいなくここを通るのか」

「それは神保殿に確かめております。白金(しろがね)の丸亀藩邸はいささか遠うございます。姫は深川の八幡宮辺りから、おそらく町駕籠を拾うものと思われます」

「町駕籠でご帰藩か。なるほど、大名の姫らしうはない。されば、ここで待つとしよう」

俊平は頷いて顎を撫で、川面の灯りに目を細めた。

春にしては夜風が生暖かい。

堀割の土手道沿いに、数人の人影がこちらにやってくるのがわかった。

「あれは、姫のようです」

玄蔵が言った。

「これは、柳生様——」

町駕籠に乗った姫とともにやってくる神保が、声をかけた。

「輝姫様でございます、姫。柳生様でございます」

神保が、姫に俊平を紹介した。

姫は、不機嫌そうに俊平を見た。

「私は、いちどお会いしたことがあります」

「そうでしたな」

「私は、大丈夫です。柳生様が直々(じきじき)におお出ましになるなど、とんでもないこと。どうか、お帰りくださいませ」

「姫様、そのようなことを申されては、柳生様に失礼でございましょう。姫様の身を案じられてのことでございます」

神保が輝姫を諫めた。

「よいのだ、神保。私は出しゃばりでな。頼まれもせず、ここまで出て来た。だが、その甲斐があったやもしれぬぞ」

俊平はそう言って、ふと視線を闇に向けた。

気配が、急接近してくるのがわかる。

惣右衛門が、鯉口（こいぐち）を切った。

バラバラと人影が、俊平らを囲む。その数、十人を越えている。

「誰に雇われたかは知らぬが、一人の絵師に町の極道者どもがよってたかってなにをしておる」

「うるせえ。ひょっとこ侍」

ちんぴらふうの極道者が叫んだ。

「そこの小娘がかわいいからちょっかいを出してえのよ。お前らには関係ねえ。どいてな」

悪戯にしては、懐の得物は大きすぎた。それに、背後に控えるのは、歴とした二本差しのようだ。

「お名をうかがっておきましょうか」

やくざ者ふうの太い眉の男が俊平に訊ねた。

「名など訊いてどうする。飼い主に報告するというか」

「さあねえ。どうしましょうかね。報告されるのがお嫌なら、退散なさったほうがいい」

「いや、退散などせぬよ。私は、柳生俊平という」

「柳生？」

やくざ者が、ぎょっとして後ずさった。

「柳生といやあ……」

「あの、将軍家剣術指南役の……」

別の男が言う。

「だが、なんで柳生がこんなところに」

男たちが、口々に言って首をかしげる。

「そぞろ歩きだよ。だが、退屈しのぎに、やくざ相手にひと暴れしてみようかと思いはじめたところだ」

「なにを?」

一人が、目を剝いて懐の匕首を抜き払った。

「待て、待て。おぬしらでは、とうてい相手になる男ではない。どいておれ」

極道者の背後にいた浪人の一人が、口を歪めてそう言って、一歩前に出た。

腕に、相当覚えがあるらしい。

「なあに、柳生といっても昔の柳生とはわけがちがう。養子で入ったお飾りにすぎぬ。俺が化けの皮を剝いでやる」

男は、夜陰に刀を光らせた。

「面白い。ならばどこからでもかかってまいれ」

俊平が笑って前にするすると出ると、男は憤然と地を蹴って踏み込んできた。

大上段から一刀両断一文字斬りである。

俊平はひらりと身を翻して男の背後に回り込んだ。そして、そ奴を思うさま蹴り上げた。

浪人者は両手を広げ、あわあわと前のめりになって、勢いよく掘割に突っ込んでいった。激しい水音が上がる。

腕のちがいが、歴然としている。

「どいておれ！」

そう言って出て来た男がある。

こちらは、頭巾で顔を隠している。着流し姿であるが、さきほどの男とはちがって、よい物を身につけていることは夜目にも明らかであった。

どうやら浪人ではないらしい。

「柳生俊平殿、ぜひにも一手お手合わせいただく」

男はそれだけ言って、抜き身の長太刀を中段に取った。

町の荒くれ者らがパッと退いて、両者を遠巻きにした。この男が、ひとかどの剣客であることを、みな承知しているらしい。

(何者か……)

俊平はそう思いつつ、同じく刀を中段に取る。

見たところ、男の剣も〈後の先〉のようで、俊平と同じ柳生新陰流のように思えた。

構えも歩はこびも、いかにも柳生新陰流らしく、ゆるりとしている。

(これは、油断ができぬな……)

俊平は、あらためて剣を握り直した。

覆面の男が、草履をにじらせ、じりじりと俊平に迫る。

俊平は、まだ動かない。

上体から力を抜き、やわらかく剣を握り込んで、変幻自在に相手に合わせていくつもりであった。

と、静寂のなか、遠くから人の声が聞こえてきた。

深川の方角からで、どうやら酔客の一団らしい。

「これは。まずい」

極道者の一人が言った。

集団での斬り合いは、いかにも人目につきすぎる。

「今宵はここまでのようだな」

覆面の侍が、俊平に言った。

「おぬし、何故こ奴らと」

「こ奴らのようなやさぐれどもと、よう似合っておろう」

男が投げやりな口調で言った。

「いずれ、また会おう」

俊平が応じた。

極道者たちが、なおもつっかけてきたが、

「やめておけ」

覆面の侍が一喝しそれを制した。

「妙な男だ」

俊平は後もふりかえらず、稲荷社の背後でようすをうかがう塩飽の者たちとともに帰って行った。

四

伊予小松藩主一柳頼邦が、柳生藩邸をひょっこり訪ねてきたのは、それから六日ほど経ったある雨の日の夕暮れであった。

供に、若党を一人連れている。

小坂源太郎（こさかげんたろう）という名で、剣の腕は小松藩ではいちばんとのこと、伊茶が後に語ったところでは、

――三本に一本は、私も負けてしまうほどの腕。

とのことであった。

屈託のない顔で、武ばったところのまったくない若者である。

頼邦は、俊平の側室である妹の伊茶の顔を見に来たと言い、この若党一人のみを連れてのお忍びの訪問なのだが、どうやら目的は別にあると俊平は見た。

「めずらしいのう、頼邦殿」

俊平は腕を取って迎え、早速奥に通して菓子を勧め、慎吾に命じて伊茶を呼びにやろうとすると、

「伊茶はよいのだ」

頼邦は、小声で俊平を制した。

「じつはの、近々、四国の大名家の江戸留守居役の会合が開かれるという」

と言った。

「高松藩の留守居役があまりに居丈高ゆえ、我が藩は、あまり出席したことはないのだが、おぬしが高松藩の内情を知りたいと申しておったゆえ、声をかけに来たのだ」

そう言って、頼邦は俊平をうかがった。

「それは、かたじけない」

俊平は、高松藩の実像に迫れると素直に喜んだ。

「四国の小大名は、みな高松藩の取り巻きでの。酒が入ればどんな話が飛び出すか、

私にもわからぬが」

「ふむ」

「その留守居役どもは、これまでにも丸亀藩を包囲するように囲んで悪口雑言であったという。丸亀藩の留守居役が温厚な人物ゆえ、争いには発展しておらぬが、いつも険悪という」

「話としては面白いが、私が出席するわけにもいかぬぞ」

俊平はふと考えて、頼邦を遮った。

「それは、そうなのだが――」

「済まぬな。気を遣わせてしもうたな。無理であろう」

俊平は、この話はちと難しいと見て言った。

「そうかもしれぬな」

頼邦は半ばあきらめたように言うが、ふと思いなおし、

「だが、手はないわけではないと思う」

と、俊平に顔を近づけた。

「お庭番の遠耳の玄蔵は、その名のとおり耳が良いと聞いたが」

頼邦はそう言って、じっと俊平を見つめた。

「これは、驚いたな、頼邦殿は。玄蔵のことをよくご存じだの」

「伊茶から話を聞いておる。遠く離れた人の話も、しっかり聞き取る驚異的な耳のよさと申すではないか」

「はは。たしかに玄蔵は幼い頃から、その方面の鍛錬はしてきているらしい」

「そうか。それほど凄いか」

　頼邦は顔に笑みを浮かべた。

「ならば、隣室に潜み、高松藩の留守居役が諸藩の者と話す内容を聞き取ることは、できよう」

「はて、玄蔵も人の子ゆえ、限界はあろう。兎の耳のようにはうまくいくまいぞ」

　俊平は笑った。

「それはそうかもしれぬが……」

「だが、やらせてみよう」

　俊平は、この話は面白くなるかもしれぬと思いなおしてそう言った。

「高松藩の留守居役は、とにかく尊大にして、思ったことは、なんでも口にするという。酒の席であれば、なおのことらしい。奴らを懲らしめる面白い話が出て来るやもしれぬ」

一柳頼邦は、嬉々として俊平を見返した。

「私の思いつきを採り上げてくれて有難い」

「なに、有難いのはこちらだ。高松藩の企みをさぐるのが私の役目だ」

「私も、高松藩の取り巻きの諸大名には、たびたび煮え湯を飲まされておっての。一矢報いたいと思うていたのだ」

一柳頼邦が、唇を嚙みしめて言った。

「それにの。そなたの影目付の仕事、なかなか面白そうだと、常日頃ながめていた。私にできることは多くはなかろうが、手伝わせてほしいのだよ」

「それはよい。なれば、頼邦殿。これからはあれこれ頼みますぞ」

俊平は、笑いながらそう言って頼邦の腕を取った。

「本気とも思えぬが……」

疑いの眼を俊平に向けて、頼邦が言う。

「本気も本気だ」

「あっ、忘れるところであった。貫長殿からそなたに伝言がある」

頼邦が、ふと思い出したように言った。

「なんだ。そなた、貫長殿にいつ会った？」

「昨日だ、〈蓬莱屋〉で少々飲んだ」

頼邦は扇を取り出してあおいだ。

「なんだ。私を誘ってくれなかったのか」

「いやな、そなたは輝姫の警護で忙しそうなので、遠慮をした」

「なんとも薄情なことを申す。して、伝言とは」

俊平は、頼邦の小鼠のような顔をうかがった。

「うむ。貫長殿は先日、柳橋の料理茶屋で、あの海賊大名の久留島光通を見かけたという」

「久留島を――」

俊平は、忌々しげに頼邦を見返した。

豊後森藩主久留島光通は、なにかと俊平にちょっかいを出し、怒らせるのを愉しみにしているらしい。

「相変わらず、奇傾いた装いで、大勢の家臣をひき連れ店の内を闊歩していたという」

「店には高松藩の駕籠もあったというぞ。さらに、その茶屋には、水戸藩の駕籠もあったらしい。なにやら、そこで会合を持っていた節がある」

「そうか。さすれば久留島め、水戸藩にも食い込んでおるらしい。水戸藩を動かし、なにか利を得ようという魂胆だろうが」

「目端の効いた男ゆえの。なにを話し合っているのか、ちと気になる。どのようなことであろうか」

「気に留めておく。とまれ、さきほどの件は、玄蔵に相談してみよう」

そう言って、頼邦にもういちど礼を言った。

頼邦が訪ねてきたのを知った伊茶が、奥から飛び出して来た。

「せっかくそなたから訪ねてきたのだ。飲んでいけ」

と、頼邦を誘った。

「まあ、兄上様。当家をお訪ねになるとは、まことにめずらしうございます」

伊茶がぴたりと頼邦の隣に座った。さすがに兄妹だけに呼吸は合っている。

「いやな、伊茶。先日一万石同盟の会合で、高松藩の雇い入れたごろつきが、輝姫の仕事を邪魔しておると告げたところ、頼邦殿も貫長殿も、惜しみなく力を貸してくれると申されてな。今日は頼邦殿が、早速よい報せをもって訪ねてくれたのだ」

「そうなのだ、伊茶。近々、四国の藩の留守居役の会合がある。どんなことが話されるか、俊平殿が知りたいと申されてな。そこで、遠耳の玄蔵殿の力を借りることはできぬかと、相談していたところだ」

「それは、よいお考えでございます」

伊茶が目を輝かせた。

「玄蔵は、それは良い耳を持っておるからの。一丁離れた木の枝の小鳥のさえずりも聞き取ることができると申す」

俊平が、冗談半分に付け加える。

「まあ、そのようなこと、とてもあるとは思えませぬ」

伊茶がすぐに打ち消した。

「とまれ、ここは高松藩の動向をぜひとも探りたい。町のごろつきどもを操っている証しが得られれば、上様に進言し、取りやめさせることもできるであろうからな」

「ほんに。高松藩がそのように、いかがわしき者どもを雇い入れたとなれば、徳川御一門の家といえども、必ず上様もなにかおっしゃいます。ここは是非とも止めさせねばなりませぬ」

「まことよ。美人絵は、江戸の町人にとってはかけがえのない愉しみのひとつ。いつまでも輝姫にはこころよく絵を描いてもらいたい。なんとしても、高松藩の邪魔立ては抑えねばならぬ」

「まことにございます。兄上さまも、できることはどんなことでもお力添えくださいませ」

伊茶が、兄の頼邦に笑って頭を下げた。

「そうか。伊茶にそのように頼まれては、なんとかせねばの」

頼邦が照れたように笑う。久しぶりに妹が入れてくれた茶を口に含めば、その顔はさらにほころんだ。

「頼邦殿、今日は我が家で夕食を楽しんでいってくださらぬか。伊茶がさきほど、今夜は手料理を作ると申しておったところだ」

俊平が、熱心に誘いかければ、頼邦も悪い気はせず、

「まあ、そうも言うてはおられぬが……」

と、いったん遠慮するようすを見せたものの、

「そうか、そこまで言うなら、考えてみようか」

と、ほくそ笑んだ。

「じつはの、我が藩の膳所が作る飯は毎日きまりきっておっての。しかも不味い。伊茶の作ってくれる食事を、時折懐かしく思うていたのだ」

相好を崩して、頼邦が言った。

「それでは、私は――」

伊茶も嬉しそうに笑って、準備のために立ち上がったが、部屋に控える小坂源太郎にちらと目をやり、

「そなたもな――」

と、伊茶が一緒に食べるようにと声をかけた。

伊茶も、共に剣術稽古を重ねた小坂源太郎がなつかしいらしい。

「それで、つぎの江戸留守居役の会合はいつになるのだ」

伊茶を見送った俊平が、頼邦に訊ねた。

「明後日と聞いている」

「ほう、場所は」

「吉原の引手茶屋〈東屋（あづまや）〉だ」

頼邦が声を潜めて言った。

「あそこの二階には、部屋の仕切りが取りはずされた大部屋があり、その横に小さな部屋があった。じつに賑やかなところであったな」

俊平が顔を歪めて言った。

「賑やかすぎるほどのところだ。ちとまずいな」

頼邦も頷く。

「騒がしかろうが、玄蔵の耳を信じるよりあるまい。私も同席する」

俊平が意を決したように言った。

「顔を、見られぬようにせねばの」

念を押すように頼邦が言う。

「うむ。久留島の他は知る者はないはずだが、用心しよう」

「吉報を待っておるぞ」

頼邦が期待に胸を膨らませた。

「任せておけ。明日にでも玄蔵には連絡を取る」

俊平は、そう言って頼邦の腕を取った。

とはいえ、これがかなりの難事であろうことは、俊平も当初からわからぬはずもないのであった。

五

引手茶屋は、遊郭の一角にあり、遊女屋に客を案内するための待ち合わせ場として使われていたが、時とともに次第に変貌を遂げていった。

吉原芸者がいて、茶屋としても十分遊べるので、接待や歓談の場として、大名や大身の旗本、大商人が、積極的に利用するようになったからである。

吉原大門（おおもん）を潜ると、表に客を手引きする男たちが立つ引手茶屋がずらりと並んでいて壮観である。

〈東屋〉は、大門から数軒先にあり、手引きの男たちもことのほか多い。

「おや、妙な奴らがおりますよ」

玄蔵が、俊平に小声で語りかけた。

店の入り口近くに、手引きの男たちと並んで十人ほどのごろつきがたむろしている。

「見たことがある顔だな」

俊平が、男たちを見渡し、ふむと頷いた。

「ご存知の奴らで？」

玄蔵が俊平を見返した。

「いつも、輝姫の仕事の現場で、邪魔をするやくざ者だよ」

「あいつらで」

「うむ。おそらく、高松藩の雇われ者だろう」

「なるほど。あの者らが江戸留守居役同盟の会合の場にいるとなれば、高松藩が姫にちょっかいを出していることも、明々白々となりましたな」

「そういうことになるな。とまれ、私がここに来ているのを奴らに見られてはまずい」

俊平は、さっと玄蔵の影に隠れた。

「それじゃあ、店の裏口からなかに入ることにいたしましょう」

「どうするのだ」

「万事は、金次第ということで」

玄蔵は、そう言ってにやりと笑い、

「さあ、こちらに」

と、店の裏手に俊平を誘った。

まだ若い遊び人ふうの茶屋の番頭が、裏口からぶらりと出て来て、二人を見ると、

「おめえたちは――?」

と問いかけた。

「二階の座敷で、留守居役の会合がございましょう。あっしらは、その仲間なんですが、うっかり裏手に回っちまいましてね」

玄蔵が、猫撫で声で番頭に言うと、

「表に回りな。ここは客が、来るところじゃねえ」

「それはわかっておりますが、不精もんで、入り口までもどるのが億劫なんで、なんとかここより入れていただけませんか」

「妙なことをいう」

「これはほんのわずかなんですが」

玄蔵が二分金を男の懐にねじ込むと、番頭は怪訝な顔をしたが、

「こんなに貰って、よろしいんで」

急に態度を変え、ありがたそうに懐を摩った。

「そのくらいの金、持ち合わせてなくちゃ、吉原に遊びには来られませんよ」

玄蔵が軽い調子で言う。

「だが……」

「いいんだよ。今日はおれたち、機嫌がいいのさ」

「じゃあ、こちらからどうぞ」

番頭に誘われて店に入ると、

「下足は、前に回しておきまさ」

番頭が二人の草履を握って去っていった。

二階に上がれば、あちこちから人のざわめきが聞こえてくる。

なるほど襖が取り外され、客の話は筒抜けであったが、客はみな、それをあまり気にしないらしい。

「このようなところで、留守居役の密談をするとは、恐れ入ったな」

俊平が、苦笑いして二階を見まわした。

「留守居役の会合というより、ただの飲み会になっているのでございましょう。大広間が、会合の場所のようで」

玄蔵が、正面に見える大勢の浅葱裏の家士が詰める大部屋を顎でしゃくった。

「そのようだな。ところで、どうだ、話は聞こえるか」

「さあ、周りがうるさすぎて、どうも」

玄蔵は苦笑いして、辺りをもういちど見まわした。

「大部屋の隣に小部屋があるぞ。まずは、あそこにでも引っ込んで、耳を澄ますとしよう」

「へい」

そう言って、二人で小部屋に入り、やってきた番頭に俊平が声をかければ、

「ああ、こちらは空いております。よろしうございますよ」

番頭は、快く部屋を確保してくれた。

留守居役同盟の会合の間は、すぐ隣で、声も近い。

「聞こえております」

玄蔵が、にやりと笑って耳をそばだてた。

さいわい、留守居役の会合の場に俊平の知った顔はない。

部屋の中央上座に、高松藩の者らしい留守居役が泰然と座し、その周りを諸藩の同役が取り囲むように座っている。

すでにだいぶ酒が入っているらしく、みな顔が紅い。

部屋のはずれに、この仲間から外された諸藩の留守居役がちびちびと酒を飲んでいるが、みな憮然とした表情であった。

(このなかに、丸亀藩や小松藩の留守居役も混じっておろうな)

俊平は、苦笑いしてその男たちを見まわした。

「ようやく、高松藩の留守居役の声に耳が慣れてきやした。あの男は樋沼主膳と申すそうで」

玄蔵が、俊平を見返して言った。

「ふむ。で、なんと申しておる」

「へい。丸亀藩の留守居役を眺めて口汚く噂しあっております」

「やはりな、聞いていたとおりだな」

「他には」

「取り巻きと、なにやら別の話を始めましたが、大事な話なので、声を小さくしておりやして。畜生め、周りがざわざわとして聞こえねえ」

玄蔵が、苛立たしげに唇を嚙んだ。

「まあ、落ち着け、玄蔵」

「あ、なるほど。どうやら漁場の話のようです」

玄蔵が、耳に手を当てたまま言った。

「みなで、漁場を分け合っているようでございますな。おや、奴ら、他国の漁場まで侵入する算段のようでございます。備前（びぜん）、備中（びっちゅう）など、瀬戸内対岸の海域で、どう密漁をするかという話のようで」

「とんでもない話よな。それでは、海賊同然ではないか」

俊平が、呆れ顔で留守居役らを見返した。

「塩飽の海の話も語っております。西から侵入せよと、隣藩の者をけしかけておるようでございます」

「ふむ、面白い。高松藩の悪事が知れて、今宵はなかなか収穫が多そうだな」

「ただ、これくらいでは、乗り込んできたほどの甲斐がございませんや」

「されば、いましばらくようすを見ることにしよう」

俊平は番頭を呼び出し、酒膳を注文した。

「引手茶屋の料理は、なかなか美味いと聞いております」

玄蔵が嬉しそうに言う。

「おや。土佐藩、徳島藩の留守居役は、帰り支度でございますよ。他の小藩の連中も、ぽつりぽつりと立ち上がって去っていきます。では、ここに居残っている意味もありませんや」

玄蔵が、苦笑いして盃を取った。

樋沼主膳とそれを囲んだ一団も、だいぶ酒が回ってきたのか、言葉少なになって飲んでいる。

「おや、今度は輝姫の話が始まったようでございます」

「ほう、それを待っていた。なにを言うておる」

「酔うておりますので、とりとめのないことを」

「言うてみよ」

「妙な女だなどと。だが、なかなか色気はあるとも……。太閤の腰に縋りつき、出世を遂げた大名家ならではとも」

「なんとも、下卑た連中だな」

俊平は、笑って盃を呷いだ。

「そろそろ、会もお開きに近うございます」

「残念だがしかたない、われらは、この食事をして帰るか」

「へい」

玄蔵が、数献盃を傾け、運ばれてきた料理のほうに嬉しそうに目を向ける。

「それにしても、今日はちと物足りませんね。これでは、ただの留守居役どもの飲み会にすぎません」

「だが、いろいろ話が聞けたぞ。上様のお耳にも入れておこう」

「おや――」

玄蔵が、ふたたび樋沼主膳に目を向けて呟いた。

高松藩の者が近づいてきて、樋沼になにかを告げている。

「ほう、別の会合の準備、できたと話しております」

「なに、別の会合。留守居役は案外忙しいの」

「水戸様、久留島様、などと申しております」

「なに、これからその連中に会うのか」

俊平が驚いて留守居役を見返した。

「そのようで」

「されば、そちらのほうが、主な会合になりそうだ。後を尾けていくよりあるまい」

俊平は、真顔になって盃を膳に置いた。

樋沼主膳の乗った駕籠は、供揃えを仕立て、大川を渡って本所方面へと向かった。

町駕籠を拾った俊平と玄蔵が、その後を尾ける。

本所の松坂町(まつざかちょう)も西の外れで、樋沼主膳の駕籠がぴたりと止まった。

辺りは、小名木川沿いに山荘ふうの瀟洒(しょうしゃ)な屋敷が立ち並ぶ閑静な一帯である。

川沿いに船宿がぽつりと一軒、提灯を灯している。

主膳の乗った駕籠は、店の小門前に止まり、降り立った主膳が、なかに消えた。

これとは別に、店の入り口前に、いずこかの大名家の駕籠が二つ待機しており、家士が入口付近にたむろしている。

「それじゃ、あっしは」

玄蔵が、さっそく屋敷の裏手にまわる。

俊平は一人川沿いの柳の根元に腰を下ろし、玄蔵の帰りを待つことにした。

生暖かい春の夜風が、俊平の鬢(びん)をやわらかくなびかせた。

玄蔵が屋敷内に消えて、はや半刻（一時間）ほど時が流れている。

俊平は、店の周辺をぶらぶらしてまた入り口にもどってみた。

さっきまでいた家臣の群が消えている。

船宿のなかに入ったらしい。

と俊平は背後に人の気配を感じて、ふりかえった。

どこから現れたのか、二人の武士が闇に佇んでいる。

顔はさだかではないが、黒の紋服を着けた堂々たる武士であった。

穏業(おんぎょう)の技を心当ているのか、それにしても気がつかなかったとは不覚であった。

「そこでなにをしておる」

男の一人が俊平を誰何(すいか)した。

「はてな。よい船宿と思い、ふらり立ち寄ってみた」

「なかに入らぬのか」

もう一人が問う。

「やめた」

「怪しき奴、名を名乗れ」

もう一人の男が、俊平に問いかけた。

「いきなり暗闇から現れて、名を申せか、それはなかろう。まずは、そなたらから先に名乗られよ」

「やむをえぬ。我らは水戸藩士にて、私は朝比奈武四郎（あさひなたけしろう）」

「同じく、三輪豹兵衛（みわひょうべえ）」

「ほう、水戸の藩士か。ご苦労だな。だが、水戸藩の者が、四国讃岐の高松藩と会合を持つのはわかるが、なにゆえ九州豊後の森藩と会われる。森藩は悪名高き海賊大名だ」

俊平が、笑って顔を向けた。

「おまえの知ったことではなかろう」

朝比奈と名乗ったがっしりした体軀の男が言った。

「まあ、そうかもしれぬ」

「されば、あらためて問う。おぬしの名は」

「さて、忘れた」

俊平が、恍けた調子で言った。

「なんと申す。ますます怪しき奴」

「名乗らねば、斬るぞ」

三輪豹兵衛が、刀の柄に手をかけた。

二人とも、凄い殺気である。

「どうやら、そなたら居合の心得があるようだの」

二人は答えない。

「水戸藩と言えば、新田宮流居合術が有名であったな。たしか、門外不出のお留流であった」

「なぜ、それを知る」

「まあ、私などにお構いあるな。じつは、私はここで人を待っているのだ」

「誰を待つ――」

朝比奈武四郎が鋭い口調で問うた。

「名は忘れたよ」

「人を愚弄する気か」

朝比奈が一歩前に出る。

俊平はいよいよ斬ってくると見た。

朝比奈は間境を越えて一気に踏み込むと、いきなり抜刀し、激しく撃ち込んできた。

〈先の先の先〉を奥義とする新田宮流の剣は、聞きしに勝る鋭さである。

俊平は一転、二転、三転し、兎のように跳び退いた。

今度は、三輪豹兵衛が追撃し、一撃、二撃と撃ち込んでくる。

俊平は、やむなく抜刀し、三輪の刀をはじき返した。

「逃さぬ！」

朝比奈武四郎が、俊平をさらに追って言う。

真一文字に伸びた朝比奈の剣刃を、柄を握った左右の手を詰めて、回転するようにたたく。

同時に、反転して相手の肩をぴしゃりと袈裟に打った。

秘剣影抜きである。むろん峰打ちであった。

今度は、三輪豹兵衛が渾身の気合を込めて踏み出してくる。

俊平は右前に飛び出し、すれちがいざま三輪の胴を払う。

豹兵衛は、小さく呻いてそのままその場に崩れた。

ふう。

俊平は、熱く吐息した。手強い相手であった。

と、船宿の入り口ににわかに明かりが灯り、騒がしくなり、大勢の侍が飛び出して来る。

現れた一団は、みな黒の紋服浅葱裏の一団である。

「柳生かッ！」

そのうちの一人が叫ぶ。

「森藩の者どもだな」

俊平が、十余人をぐるりと見まわして、笑った。

血気にはやる男が、抜き打ちざまに斬ってくる。

その剣先を見切って、俊平はくるりと男の背後にまわるや、その尻を思い切り蹴り上げた。

「やめよ！」

宿の明かりの下、遅れて出て来た精悍な男が叫んだ。

久留島光通である。

囲いを崩して、侍の一団が退く。

「残念だが、藩同士の争いはご法度。今宵の勝負は預ける」

久留島が冷やかに言った。

「怖じ気づいたか」

「いや、そうではない。今宵の密会は大切なもの。それゆえ、事を穏便にしたい」

「妙にものわかりがよいの」

俊平が笑った。

「だが、その密会とやら、中身がちと気になる」

「さすがに影目付の柳生俊平よの。知りたいか。だが、教えてやらぬ」

久留島光通も笑った。

「高松藩と水戸藩は親戚同士、語り合うのはわかる。だが、その場に海賊大名のお前が加わるのは道理に合わぬ――」

「なに、さしたる訳はない。松平頼桓殿が、私をお頼りなされるゆえ、後見役としてついて来たのだ」

「はて、そうではあるまい」

「去れ、柳生。これ以上は詮索無用、今夜だけは見逃してやるのだ、ありがたく思え」

「されば、去るとする。だが、いずれそなたらの企て、明らかにするぞ」

俊平は一言言い残して、久留島に背を向け、闇に向かって歩きだした。

「つぎは、容赦はせぬ」

久留島が叫んだ。

俊平は一人、川沿いの道をひたひたと歩いた。

玄蔵の身が、案じられた。

川面に三日月が映っている。

川風がふと強まった。だが、そこに玄蔵の気配がある。

「御前」

闇のなか、玄蔵の声。

「おお、無事であったか」

「そう簡単に、やられませんや」

「それで、なにか摑んだか」

「どうやら水戸藩は、高松藩と他の瀬戸内の海賊藩を使い漁場争いを仕掛けさせ、儲けを吸い上げておるようにございます」

「なんとも、汚いことをする」

俊平は呆れて唇を歪めた。

「それと、もうひとつ」

「申せ」

「高松藩が水戸藩を動かし、江戸湾に進出しようとしておるようです」

「やはりそうか」

「そのための支度金を、手渡しておりました。相当な額のようでございます」

「しかし、江戸湾はちと無理であろう。向井水軍がおる」

「あっしも、そう思うのですが」

玄蔵は言葉をとぎらせた。

「いずれにしても、今宵のそなたのはたらきは大きかったの。玄蔵」

「なあに、どれほどのこともしておりませんや」

玄蔵は、謙遜して笑ってみせた。

「はは。遠耳の玄蔵、これからもよしなに頼むぞ」

俊平が、もういちど笑ってそう言えば、

「これぐらいの御用なら、いつでもお申しつけくだせえ。お役に立ってご覧に入れます」

ちょっと誇らしげに、そう言って玄蔵は胸を張るのであった。

第三章　競作

一

海の神、また航海の神として諸国につとに知られる金比羅大権現は、四国は讃岐国の象頭山(ぞうずさん)に鎮座され、世に〈金比羅さん〉の愛称で知られている。

徳川の世には、伊勢参りと並ぶ金比羅参りとして、諸国から多くの参拝者を集めていた。

多忙な人は、自分で参拝に行くこともせず、犬を代参させるという奇妙な風習まで生まれている。

この金刀比羅宮が、江戸にも分社されていることは、あまり知られていない。

祀られているのは、丸亀藩京極家の上屋敷がある虎ノ門(とらのもん)であった。

これよりしばらく経った徳川の後期に、月に一回縁日の日に一般公開され、江戸における人気名所になったが、それは後の話――。

柳生俊平が輝姫を護るという話を、用人の神保幸太郎から聞き、

――これは、なんともありがたきこと。

と、丸亀藩主京極高矩は、柳生俊平を藩邸に招き労うことにした。

まず、俊平に金比羅大権現を詣でてほしい、という若い藩主の頼みを聞き入れ、俊平は輝姫と元お局の吉野、用人の惣右衛門とで、神保の案内で大権現を参詣する。

壮大な甍のついた総門を潜り、金比羅大権現の白い幟のかかる邸内に向かう。

拝殿前の銅鳥居をくぐれば、辺りは森閑と静まり返り、一行の踏みしめる玉砂利の音だけが、邸内に鳴り響いた。

「これが、金比羅さま」

俊平とともに招かれた吉野が暗い拝殿の奥をうかがった。

仏像ではなく、髪が炎のように突き立った憤怒像である。

「仏さまではなく神さまです。海の神さまなのです」

輝姫が念を押すように言えば、神保も、

「そうでございました」

と、失念していたという顔をする。

権現とは仮りの仏像ということで、日本の神々が仏教に取り入れられた際に、仏が神の形で現れたという意味で、今の神仏分離以前の考え方である。

「なるほど、海の神さまって、仏様ではないのですね」

吉野が、俊平の腕にからみついて言う。

「そのようだの。私にもよくわからぬ」

俊平が正直に言えば、輝姫が笑う。

神仏がはっきりと分離されるのは、幕府崩壊以降のことである。

「なにやら知らぬが、ありがたい権現様だ」

俊平が笑ってそう言えば、みな一息ついて前に進み、静かに手を合わせる。

「それでは館のほうに。弟が、ぜひみなさまにお礼をしたいと申しております」

輝姫が、俊平らを上屋敷本殿に誘う。

「私も、よいのですか」

物怖じすることのない吉野が、珍しく身体を硬くした。

自分が、二人の藩主らの席に顔を出してよいか、躊躇(ためら)っているらしい。

「弟は十代の若者。人さまにお会いするのが、まだ苦手でございます。ぜひ吉野さんから話しかけてくださいい。なんら遠慮することはありません」

なるほど、京極家は仕来り(しきたり)ばかりのような窮屈な藩ではないらしい。

丸亀藩五万石の上屋敷は、さすがに柳生藩邸とはちがった堂々たる威容で、行き交う藩士の姿ものびのびとしている。

藩重臣が玄関に俊平らを出迎え、

——殿がお待ちでございます。

と丁寧に挨拶し、そのまま奥に進んでいく。

中庭を望む御殿で、藩主の高矩が俊平を出迎えた。

まだ若い、十八歳の藩主である。

「これは、これは。柳生様にわざわざお出まし願い、光栄至極にございます」

まだ頬のあたりには幼さが残り、周囲で重臣が、やや心配そうに見守っている。

高矩は固い表情で言った。

「こたびはお招きにあずかり、恭悦至極に存じます。訪問を愉しみにしておりました」

型どおりの挨拶を交わし、俊平が笑顔の藩主をうかがえば、ふと親しみがわく。

「私の藩は一万石の小藩ですが、家風がだいぶちがいます。私の藩はちと堅苦しいが、こちらはゆったりとしておられる」

「はは。剣術天下一の貴藩と我が藩では、おそらく真反対と思います」

京極高矩が頷く。

「ははは、弟はよいことを申しました。私どもの藩は、武よりも文に秀でた藩。だからこそ、柳生様のお力が必要なのです」

あれほど俊平の助勢を嫌っていた輝姫が、一転して笑顔で俊平の協力を讃えるのが愉快である。

「家臣も穏やか、のんびりした藩なのですが、姉はなかなかもどってくれません。塩飽衆のいる島にすぐに帰ってしまいます」

「私の育った島です。いちばん居心地がいいのは当たり前です」

輝姫が、きっぱりとそう言って笑う。

「それにしても、京極家の姫様が浮世絵の作者とは、まことに驚きました。それに、江戸での評判も大変なもの」

俊平が素直に姫を讃えると、

「じつは私も驚いています。また、誇りに思っております」

京極高矩が頷く。

「京極家と浮世絵は、ちとしっくりとしませぬが、高矩殿は認めておられるようですね」

「私は、浮世絵も立派な美術品と思っています。茶器や花器ばかりが美術品ではないはず」

藩主高矩はきっぱりと言った。

「じつは、私もそう思います」

俊平が、大きく頷いた。

京極高矩が小姓に命じて、姫の最近の美人画を取ってこさせた。

「見たところ、この美人画は今日来ていただいた吉野様のような気もいたしますが……」

高矩がそう言って、吉野をうかがい見た。

「はは、おわかりか。元大奥御中臈、吉野でござる。美しうございましょう」

「私は女人の美しさは、まだわかりかねますが……」

高矩は恥ずかしそうに頬を染め、

「まことに、美しく描かれております」

と小さな声で言った。

「まあ、なんとも嬉しきお言葉。まことに光栄に存じます」

吉野が、顔を赤らめて、三つ指をついて礼を言った。

「柳生さま。このような藩でございます。いつでも遊びに来てくださいませ」

輝姫が向き直り、真顔になって言う。

「まこと、このところ高松藩の攻勢に、藩の者はみな暗くなっておりました。柳生様がご助勢くだされて、どれほど心強い思いをしているかわかりません」

京極高矩がしみじみとした口調で言う。

「なに、私の力では、大したこともできませんが、町の悪党を追い払うくらいならたやすきこと。それに、江戸の町民はどちらが正しいか、よく見ております。高松藩も、そういつまでも勝手はできますすまい」

「そう言っていただければ、まことに心強い」

「ただ昨今は、高松藩は増長し塩飽衆の悪評を瓦版に書かせたことまであります。また、丸亀藩の屋敷に火を付けて去るようなことまでしております」

高矩が暗い顔になって言った。

「それは、大変です。付け火は大罪。証拠が揃えば、高松藩もただでは済みません」

「ただ、実行犯は別の者。背後で操っているものと思われます」

「困ったものだ。徳川家の御一門であることを笠に着て、やりたい放題。私もそのはしくれだが、まことに恥ずかしい」

俊平は久松松平家の出身である。

「そうでございましょう」

「だが、そのような無軌道が、いつまでもまかり通るはずもない。どうか、ご安心なされよ」

俊平は力強く高矩に言った。

高矩も安堵したか、さらにうちとけて、膝を乗り出し、

「本日は、柳生殿をお招きし、ささやかながらお礼の膳をご用意しました。故郷のようなもてなしはできませぬが、江戸前にも、よき魚がある。どうか、ゆったりと寛(くつろ)いでくだされ」

高矩が手を上げれば、部屋の襖がいっせいに開いて、若い家臣がつぎつぎに膳を運んでくる。

高矩が、藩重臣を一人一人俊平に紹介していく。

いずれも、穏やかそうな老臣である。

みな、笑みが絶えない。

つぎに自慢の花器茶器の類が披露される。

野々村仁清が中心である色絵をほどこした薄手の作品はいずれも見事なものである。

「柳生さま、ご興味がおありですか」

姫が、心配して俊平の顔をうかがった。

「無調法者なれど、仁清については、多少学んできました」

俊平は、昨夜こういうこともあろうかと、数冊の美術書に目を通してきた。

それに団十郎一座では、茶花鼓の作法を教えているだけに、前々から多少の知識はある。

いずれも、目を奪われる美しさ。淡い色彩の組み合わせは、優雅で品格に満ちている。

「どの品も見事なものです」

賛辞の言葉を述べた。

俊平は、端然と一品一品を手に取ってながめた。

「このような美しい品を持つ御家だけに、姫様のような名人が生まれたのでしょう」

「そう言っていただけると、なんとも嬉しうございます」

「ささ、なにもござらぬが」

高矩が、俊平に料理を勧め、自らも箸を取る。

格別に美意識が高い京極家だけに、どの料理も美味である。舌の肥えた吉野も、よほど気に入ったのだろう、黙々と料理を口に運んでいる。

「お見事な料理ばかりでござるな」

俊平が賛辞を送れば、京極高矩は安堵したか、つぎに酒を俊平に勧めた。

「これも、見事」

「伏見(ふしみ)のものから選りすぐりました。じつは、今日は姉を警護してくれる塩飽の衆も招いております。ほどなくやってくるでしょう」

高矩がそう言えば、ちょうど到来したのか、若党が高矩に近づいて耳打ちをした。

ややあって藩士に導かれ現れたのは、いつも目にする塩飽の男たちである。

いずれも大風呂敷になにか持参している。

輝姫の表情がますます明るくなった。

「これは柳生様――」

塩飽衆の勇蔵が俊平に一礼する。

姫はいずれ勇蔵のもとに嫁に行くという。

「塩飽のみなの衆、柳生様に塩飽のことなど、お聞かせいたせ」

「はい」

「喜んで」

塩飽の男たちが応じた。

「塩飽には、大小さまざまな島がございます。中心は牛島で、塩飽水軍の本拠地でございます。住民は、幕府から自治を認められています」

「話には聞いているが、美しい島なのであろうな」

俊平が目を細めて、想いをはたらかせた。

「それはもう、いちど訪ねたお方は、帰ることも忘れるほどです」

「それに我らは独自な造船技術を受け継いでまいりました」

塩飽衆の仙吉が勇蔵の話を継いだ。

「徳川様の世となってからは、廻船業者として富を築き、幕府の御用船方をつとめてまいりました」

「ところが廻船の仕事のあらかたを大坂や江戸の大店に奪われてからは、しばらくは為す術もなく窮乏しておりましたが、今は漁に出る他に宮大工、家大工に生計の道を見出しております」

勇蔵が誇らしげに言った。

「それは大したものだな。して、高松藩との関係はあいかわらずか」

俊平が眉をひそめて訊ねた。

「はい。漁場を巡る争いが中心でございますが、奴らは徳川家御一門の立場を利用して圧迫を加えており、厳しいものとなっております」

塩飽の男たちは率直に語るが、怯む気配はない。

「とはいえ、どちらも退けぬというわけだな」

「我らはもとより、高松藩の漁場を荒らすつもりはなく、奴らが我らの漁場に侵入してくるのでございます」

「そうであろう」

塩飽衆の言葉に嘘偽りはなさそうである。

「ちと、重苦しい話となりました。本日は姫を助けていただいているみなさまへのお礼の宴、愉しくまいりましょう」

高矩が、ぐるりと塩飽衆を見まわせば、

「されば――」

塩飽衆が頷き、風呂敷の包みを解いて、なかのものを取り出した。

いずれも、笛太鼓、鐘（かね）に三味線の楽器類である。

塩飽衆が楽器を奏でるらしい。

俊平は、目を瞠（みは）った。

「我ら、これより、音曲を奏でます。ご一緒に唄っていただけましょうか」

勇蔵が言った。

高矩が俊平や惣右衛門、吉野を見まわす。

「よいな。唄わせてもらおう、曲はなんだ」

「はい。江戸でも人気のお座敷唄、金比羅船船にございます」

仙吉が言う。

高矩がにやりと笑った。

「なんだ。そなたらの十八番だな。よしきた」

俊平が盃を膳に置けば、塩飽の男たちが三味や太鼓で賑やかな音を奏でる。

〽金比羅船船
追い手に帆かけて
シュラシュシュシュ

藩士が、いっせいに唄いはじめる。
手をたたく者、なかには箸をたたいてうかれる者もある。
のびのびとした家風の京極家ならではであろう。
「されば、私もひと踊り――」
京極高矩が立ち上がった。
藩主一人だけに踊らせてなるものかと、家臣もつぎつぎに立ち上がる。
俊平も、ふらふらと立ち上がった。
だいぶ酒が入っている。
惣右衛門、さらに吉野も、恥ずかしそうに立ち上がった。
愉快、愉快！
賑やかな歌声が白書院にこだまする。

〽回れば四国は、
讃州那珂(なか)の郡(ごおり)
象頭山金比羅大権現

いちどまわれば

俊平も、浮かれて踊りだす。

なにが始まったかと、内庭から大部屋をのぞく家臣も多い。

ひと踊りして、俊平はばたりと倒れるように席についた。

また美味い酒を口に運ぶ。

かくして、思いがけなくも藩重臣をあげての宴となり、俊平らが藩邸を後にしたのは、すっかり夕闇が降りてのことであった。

二

「いったい、これはどうしたというのだ」

激しく殴打され、痣（あざ）をつくった鶴次郎が、塩飽衆二人に抱きかかえられるようにして闇のなかから現れたのを見て、俊平は驚いて駆け寄っていった。

用人の神保幸太郎ほか、輝姫の侍女や吉野など、女たちの顔ぶれもある。

「鶴次郎さんが、ひどく殴られました」

塩飽衆の一人が、俊平に駆け寄ってきて言う。

「しかし、鶴次郎は、塩飽衆とはなんの関係もないだろう」

「むろんです。でも、現場であれだけの塩飽の衆が、姫と鶴次郎さんを護っていれば、仲間と思われてもいたしかたなく……」

神保が、妙に理屈っぽく言えば、

「それは、まあ、そうであろうな」

つられて俊平も同意する。

「殿、感心されてる場合ではございません」

惣右衛門が、困ったように言った。

「おまけに今、江戸の瓦版は、ありもしない瀬戸内や江戸での塩飽衆の乱暴狼藉を書きまくっております。あれじゃ、姫さまや鶴次郎さんの人気が傷ついてしまいます」

神保が溜息まじりに報告する。

「たちの悪いことをするものだ」

俊平も話を聞いて言葉がない。

鶴次郎の殴打の痕を確認すれば、深手というほどのことはなく、しばらく休めば歩いて帰れよう。

「それにしても、瓦版には、ひどいことが書かれていましたよ」

吉野が言った。

「どんなことだ」

「塩飽衆が江戸に出て来て、廻船問屋への恨みから、平船の荷をひっくり返したり、海に放り捨てたり、ひどい乱暴狼藉をはたらいていると」

「酷い作り話だな」

俊平があきれ顔で惣右衛門を見返した。

「それどころか、高松藩の下屋敷で、たびたび小火（ぼや）騒ぎが起こっているが、あれは塩飽衆の仕業ではないかと――」

「とんでもない言いがかりです」

塩飽衆の一人、仙吉が言う。

「私は、丸亀藩の小火騒ぎについて聞いています」

仙吉が肩を震わせて言った。

「なに」

俊平は、真顔で仙吉を見返した。

以前にも聞いていたとおり、嫌がらせが小火騒ぎにまで発展しているらしい。

「おそらく、高松藩の連中がやったにちがいありません」

「やはりこの争いは、放っておけぬな。かかわりのない江戸の町民にも迷惑がかかる」

俊平がさすがに怒りをあらわにした。

「さようでございます。これは立派な犯罪でございます」

惣右衛門も、頷いた。

「このようなことがつづくのなら、私はもう絵をやめたくなります」

「おやめになってはいけません。姫さまの浮世絵は、江戸のみなが待ち望んでおります。姫さまの画風は姫さまならではのもの。誰にも真似ができません」

鶴次郎が、そう言って姫の手を握った。

「ところで、瓦版に塩飽衆に襲撃されたと書かれた廻船問屋は、どこなのだ」

惣右衛門が神保に訊ねた。

「日本橋の浪速屋でございます。大坂の大店でございますが、今や江戸にも進出し錚々たる大店となっています」

「よし。そのようなこと、あろうわけもないが、偽りの塩飽衆がどのように荷を荒らし、火を放つか、とくと見物しにまいろうか」

柳生俊平は、そう言って惣右衛門と肯き合うのであった。

三

俊平は、日本橋小網町の日本橋沿いの道に立ち、廻船問屋〈西海屋〉を見上げた。

「ほう、これは大そうな身上の屋敷だな」

「まことに――」

惣右衛門も、ついて来た塩飽衆の男たちと頷く。

間口五間もあろうという店の戸口脇で、紺の大暖簾が風に大きく膨らんでいる。

店の敷居をまたいで大勢の客が出入りしている。客はあらかた商人で、なかに何処かの藩士たちが混じっている。こちらは、領国に荷を運んでもらうつもりらしい。

「今のところ、動きは見られませぬな」

惣右衛門が店を見渡して言えば、

「しばらく、待つよりあるまいな」

俊平はあきらめて川面に目を向け、空の平船を見つけると、

「あれで、待つことにしよう」

と、みなを誘った。

朽ちかけた古い平船で、荷も積んでおらず、廃船同様に打ち捨てられている。

半刻（一時間）ほどその船で西海屋の店のようすを見上げていると、店の者の出入りが激しくなっている。

「妙でございますな。なにかあったのでしょうか」

惣右衛門がいぶかしそうに店を見上げた。

「うむ。たしかにおかしい」

俊平も、同じ思いであった。

目を凝らせば、大勢の番頭や手代がなにやら沢山（たくさん）の荷を抱え、店の奥から飛び出してくる。

「あれを、ご覧くだされ」

塩飽の若者仙吉が叫んだ。

店の屋根から、黒煙が上がっている。

「火を放たれたようだ」

俊平は急ぎ立ち上がり、みなを誘って土手を駆けた。

店に飛び込むと、険しい表情の番頭が、

「なんだ、お前たちは――」

と、怒鳴りつけてきたが、そのまま行ってしまった。

気がだいぶ混乱しているらしい。

火の手は店の奥、勝手口辺りから出ているらしい。

「おい。どうしたのだ！」

俊平は、若い手代を呼び止め、訊ねた。

「塩飽衆だ。火を放たれたのだ」

手代が、憎々しげに吐き捨てた。

だが、賊の姿は、店の何処を探しても見つからない。

「賊は、火を放ち、すでに立ち去ったようにございますな」

惣右衛門が、店を見まわして言った。

「これまでも、廻船問屋はどこも、積み荷をやられているという。船が危ない」

俊平は、そう叫んで店を飛び出した。

みな背後を追ってくる。

夕闇の向こう、半丁ほど先に荷船が係留されている。その荷船から、店の者がつづけざまに駆け下りた。西海屋のものらしい。

賊に襲われ、逃げてきたらしい。

荷船の脇に平船が並び、賊らしき男たちが、荷船の荷を移している。

店の船からは、炎も上がっていた。

「荷を奪い、火を放ったのだろう」

俊平が言った。

「奴らめ、みな我らのせいにする気だ」

塩飽衆の若頭勇蔵が叫ぶや、土手を飛び降りて行った。

近くの平船に声をかけている。

どうやら、借り受けるつもりらしい。

勇蔵は、土手の上の俊平らを呼び寄せ、

「この船で、奴らの船に近づきましょう。たたきのめしてやりますさあ」

と叫んだ。

「よかろう」

俊平が応じる。

船頭に命じて、船を進めさせる。

「だがこんなふうじゃ、ほとんど進まねえ」

塩飽衆の仙吉がいらだつように言った。

「船頭、替わるぞ」

仙吉が、船頭を撥ね除けるようにして艪を持つ。

懸命に漕ぎ、疲れたら、勇蔵と交代した。

船は、みるみる賊の乗り移った平船に近づいていく。

俊平らが近づいてくるのに気づいた賊の一団が、〈西海屋〉の荷船から離れ、逃げていく。

「追えっ」

俊平が、船を漕ぐ仙吉に言った。

賊の平船は船足が速く、容易に近づけないばかりか、俊平らが乗った小船では離されるばかりである。

船は大川に出た。

「これでは、なかなか追いつけませぬな」

仙吉が悔しそうに言った。

仙吉はそれでも懸命に漕いだ。

と、前方から巨大な関船（せきぶね）が近づいてきた。

通報を受けた向井水軍の軍船が、大川河口の船手奉行所から出動してきたらしい。

前方の平船はその横を抜け、進む。

関船は容易に旋回することもできず、立ち往生しているようであった。

「これではいかんな」

関船の横を通り抜け、俊平が言う。

向井水軍の水夫が甲板で右往左往しているのが見えた。

賊の乗った平船はさらに大川を河口に向かって進み、その先に停泊する二艘の屋形船に並びかけた。

「なんでしょう、あの船は」

惣右衛門が首をかしげて言った。

「殺風景な大川下流で、風流を楽しんでいる輩がおるとも思えぬな」

俊平が前方を睨んで言った。

「あるいは賊の船を待っていたのではありませぬか」

艪を持つ手を休めて、塩飽衆の仙吉が言った。

「それは、あり得るな」

目を凝らして、俊平がまた前方を睨んだ。

賊の乗った船は、屋形船の脇に横付けされ、賊らしい黒い影が、二艘の屋形船に分かれて乗り移っていくのが見える。

「あの二艘に隠れようというつもりでございましょうな」

惣右衛門が、目を細めて船を睨んだ。

「おそらく、あの屋形船に乗る輩は賊の親玉であろうよ。屋形船は、かなり大きなものだが、どれだけの客が乗っておるのかの」

俊平は、塩飽衆の勇蔵に訊いた。

「あれだけの大きな船なら、二十人はゆうに乗っておりましょう」

「何処かの大商人が、借り切っておるようにも見えるが、恐らくはそうではあるまい」

「と、申されますと？」

惣右衛門が、鬢を夜風に靡かせ、前方を見つめる俊平に訊ねた。

「障子に映る人影を見よ。刀を差す者もおるようだぞ」

「ほんに、そのとおりでございまするな。されば武家、大名家か」

「そうであろうよ」

俊平は苦笑いを浮かべた。

「ということは……」

「そうだ。あれは、恐らく高松藩の借り切ったものであろう」

「うぬ――」

塩飽衆の男たちが気色(けしき)ばんだ。

「高松藩の奴らが、このようなところから、賊どもを操っていたのですな」

「そのようだな」

「船遊びにかこつけ、賊の火遊びを見物しようとは、とんでもない奴らでございます」

「うむ。高松藩藩主の松平頼恒かもしれぬな」

「ならば、あちらのもう一艘は――」

「そうであるのならば、おそらく森藩藩主久留島光通であろう」

「乗り込んでいきましょう」

塩飽衆の勇蔵が、懐刀を摑んで言った。

「それは、ちと難しかろう」

「なぜでございます」

艪を握る仙吉が声を荒らげた。

「大名同士の争いは、幕府のご法度となっている。両藩お取り潰し、下手をすれば、私は腹を切らねばならぬ。あのような奴らと、共倒れは嫌だよ」

　俊平が苦笑いして、首を撫でた。

「ならば、あの屋形船に逃げ込んだ賊を、これ以上追い詰めることはできぬのでございますか」

「今宵のところはな、残念だが――」

　俊平は重い吐息を漏らし、忌々しげに前方の船を睨んだ。

　船のなかから人が出て来る。

　月明りだけでは、中央に立つ男の面体まではさだかではなかったが、体つきはまだ若々しい。

　家臣が松明を灯して、その脇に居並んだ。

「そちらは、塩飽の衆か」

　中央に立つ侍が叫ぶ。

「だとしたら、どうだという」

　勇蔵が叫んだ。

「瀬戸内の海を支配するのは、高松藩の水軍である。お前たちの護る海は、もはやどこにもない」

高松藩主松平頼桓と思しき若者が、そう言い放って高笑いをした。

「くそっ」

塩飽の男たちが、揃って吐き捨てるように言った。

「陸に上がって、大工仕事でもするか」

松平頼桓が言えば、家臣たちがどっと嘲笑った。

「だが、宮大工とて、いつまでつづくか」

「なんだと」

「うぬらは、食い詰めた塩飽衆。江戸では火付け盗賊、なんでもありだ。いずれお縄を頂戴しよう」

松平頼桓が、憎々しげに言い放った。

もう一艘の屋形船が、俊平らの船に並びかけてきた。そちらからも、ずらり男たちが舳先に立った。

松明の明かりがずらり並ぶ。

中央に立つ男は、やはり久留島光道であった。

「柳生俊平――！」

久留島が、闇に吠えた。

「また、お前か」

俊平が皮肉げに応じた。

「船遊びをしていたという男たちが、一緒に飲まぬかと、我らの船に乗り移ってきた。これより、歓待してやろうと思う。うぬは、去れ」

「ぬけぬけと。その男たちの雇い主は、高松藩主松平頼桓であろう」

「一万石大名の分際で、松平の名に無礼だろう」

「なにが松平だ。その名を、ひけらかすのは、まことに恥ずかしい」

「なんだと？」

「知らぬか。私とて松平だったのだ。久松松平家十一男。お前が子分にする松平新十郎定利の兄だよ」

「そうであったか。柳生、憶えておけ。必ずや、地獄の果てに貴様を追い込んでくれる」

居丈高に久留島光通が叫んだ。

「海賊大名は、じつに面白い輩よのう。そなたらのような喧嘩早い者たちを相手にするのは、私もじつは嫌いではない。だが、大名同士の喧嘩は幕府の定めでご法度となっている。おたがいに上手くやろう」

「ならば、ここは去れ」

「去る。だが、そこの火付けの悪党どもは、けっして容赦せぬぞ。首を洗って待っておれ」

俊平が叫ぶと、前方の二艘の屋形船が動きだした。

なんと、こちらに向かってくる。

「殿、体当たりをするつもりかと思われます」

惣右衛門が声を荒らげた。

「食らうものか」

塩飽衆の勇蔵が慌てて叫んだ。

艪を持ち、懸命に漕ぐ。

喧嘩を挑むようにやってくる両船に向かっていき、その間を潜り抜けて、こんどは船尾に回り込む。

「うぬら、憶えておれよ！」

塩飽の男たちが、屋形船に潜む賊どもに声をかけながら、やがて屋形船から離れていった。

「殿、大丈夫でございますか」

惣右衛門が、真顔になって俊平に向かって訊ねた。

「なんのことだ」

「高松藩と、真正面から喧嘩となりましたぞ。あちらには水戸藩が付いております。御三家を相手の喧嘩となりまする」

「なに、無軌道なことをして、みなを困らせているのはあやつらだ。上様も存じておられる」

俊平は、笑って惣右衛門を見返した。

「負けやしませんぜ」

塩飽の男たちも叫んだ。

夜風で波も荒くなっている。

四

桜が満開に咲き誇る上野広小路界隈は、ことのほか人の出が激しく、ごったがえしている。

柳生俊平は、浮世絵の版元春秋屋喜兵衛からの誘いを受け、広小路にもうけた特設舞台で行われる競作の発表の祝いの会に出かけてきたのであった。

「これでは、人の頭を見に来たようなものだの」

俊平は、しきりに惣右衛門にそうこぼすが、どうして両肩に舞い落ちた桜の花びらが降り積もり、心は踊っている。

町の灯りに浮き立つ頭上の桜は、いずれも見事に咲き誇っている。

「広小路とはたしかによい策であった。火除け地として考えられたものよな。だが、人がこれほど集まる繁華街となるとは、誰も考えてはおらなかったのではないか」

この広大な広小路を江戸の名所に用意したのは、南町奉行当時の大岡忠相(おおおかただすけ)である。

「思わぬ結果となっております。大岡様も、ご満足でございましょう」

それ以降江戸は、さらに発展している。

この日、俊平が上野の山を訪れたのは、浮世絵の競作展でほかならぬ輝姫の作品がいちばんとなったことを祝う宴が開かれたからである。

前方に仮設の舞台が見えてくる。

周辺に大勢の人が集まり、押すな押すなの盛況であった。

「これは、凄いの。藩邸で仕事をしておるだけではわからぬが、姫の美人画の人気はもはやすさまじいものになっておる」

「まことでございますな」

　惣右衛門も、あまりの人出に呆れている。

「これでは、前に出られませぬぞ」

　惣右衛門が人をかき分け前に出ようとして押し返される。

「柳生様――」

　背後から、賑やかに声をかけてくる女たちがある。お局方であった。

「おお、そなたらも来ておったか」

　俊平は、群集の騒めきに負けまいと大声を上げた。

「版元の春秋屋さんが、吉野さんもぜひ舞台でご挨拶をと申されるので。吉野さんは、歳がわかると二の足を踏んでいたのですが、そんなこと気にすることはないと、みなで背中を押したら、吉野さんはそれならと出かけてきました」

「それで、吉野は」

「舞台で挨拶をされました。それはもう大変な人気」

　常磐（ときわ）が言う。

「ほう、ようやったな」

「絵の女よりよっぽど美人などと言う者もございました」

雪乃が愉快そうに言う。

「それは、ちと持ち上げすぎであろう」

「あ、これは柳生さま——」

寄ってくる男たちがある。

塩飽衆の男たち五人であった。

舞台のようすを、群集の背後から見ていた。

「揃ってお出ましだな」

それぞれが、俊平に挨拶をする。

「今日も姫の警護か」

「まあ、そういうことで」

「このところ、よく高松藩の雇われ者が頻繁に現れます。目が離せませんや」

「まったくだな」

群衆の間から、わっと歓声が湧く。舞台の上に輝姫が現れたらしい。

「だが、この賑わい、これでは姫がなにを言っているのかよくわからない」

俊平が苦笑いして爪先立ちをしていると、

「あ、これは柳生様——」

寄ってきたのは、版元の春秋屋喜兵衛である。

「おお、盛大にやっておるな」

「お陰さまをもちまして、お客様の反応もよく、大盛況となっております」

「それは、なにより」

そう言うと、喜兵衛は一転顔を曇らせ、

「じつは、姫様のことで、ちと悪い噂が流れており、気になっております」

と、俊平に身を寄せた。

「うむ。その話は聞いていたが」

「それは酷いもので。姫を火付けの一味だなどと申す者もあります」

「まちがいなく、塩飽衆を敵とする高松藩の仕業であろう」

「はい。町の極道者を操っております」

「あちこちの廻船問屋が荒らされております」

「廻船問屋が」

「はい。それを塩飽衆のせいにしようとしておるようです」

「誰が言いふらしているのだ」

「瓦版が書き立てております」

「汚い手をつかう」

塩飽衆が舌打ちした。

「おい、柳生」

誰かが俊平に呼びかけた。

見まわせば、人混みの中で数人の男たちが立っている。

にやにやと笑って声をかけてきたのは、海賊大名の森藩藩主久留島光通であった。

「人相のよからぬ家臣を集めて町を練り歩くか。それで、よく大名が務まるものだ」

俊平が言った。

「お互いさまだ」

「こたびは、高松藩と組んで、なにを狙っているのだ」

「柳生、お前こそ、そこな塩飽衆に味方して、なんの得がある」

久留島光通が、塩飽衆を嘲笑うように見て言った。

「私は、損得で動いてはおらぬ。世の不正を見過ごすことができぬだけの話」

「どこに不正がある。瀬戸内の海は、高松藩の松平殿が立派に治めている」

「高松藩などに仕えてなんとする。お前も村上水軍の末裔。その誇りは、消え失せたか」

「失せたな。村上は流れた。今は徳川の世だ。強い者につく」

「おまえらしい。ところで今日はここになにをしにまいった」

「競作で輝姫が優勝したことを祝いに来た」

「妙なことを言う」

「冗談だ。じつは、おまえが丸亀藩についたことを松平殿はちと気にしておってな。ようすを見て来いと言われた」

「私は、べつに高松藩と喧嘩をするつもりはない。ただ、不正は正さねばならぬ。それに、漁場の争いに、姫は関係あるまい。たちの悪い邪魔立てはせぬよう伝えよ」

「はてな。塩飽の者は海のやくざ者だ。姫は、塩飽育ちだ。塩飽の者も同然。それに、高松藩に迷惑をかける者の仲間だ。押さえ込まねばならぬ」

「ならば、もはや問答は無用。去れ、そなたはただの荒くれ者。そして私の敵だ」

俊平が突き放すように言えば、背後にいた塩飽衆がざっと前に出る。

森藩のいかめしい男たちも、揃って久留島光通の左右をかためる。

群衆が両者の争いに気づいてさっと道を開ける。

「このようなめでたい場で喧嘩はしとうない。寄るな」

「あいわかった。さらばだ、柳生俊平、つぎは刀を交えよう」

久留島光通は一言そう言うと、一同に会釈を送り、踵をくるりと返して立ち去っていった。

第四章　火消しの意地

一

「これは、あい変わらずの賑わいだな」

柳生俊平は、思わず目を瞠って〈大見得〉の店内をぐるりと見渡した。

堺町外れのこの煮売り屋は、吉原の料理屋で腕を磨いた三吉(さんきち)親爺の料理を売る総菜屋から始めたが、客を入れて席を広げてからというもの、みるみる繁盛し、今では量りの煮売りは名ばかりで、れっきとした料理屋の風情を見せる。

芝居好きの常連が、芝居が引けた後に大勢流れてくるので、芝居の余韻を引きずって、つい長居となりがちで、店はいつも混み合っている。

空席を見つけるのも大変なほどであった。

「これは、ちと混み合いすぎておりまするな」

　惣右衛門がぐるりと店を見渡して、わずかに眉をひそめた。

「よいではないか。芝居好きが増えているのであろう。二代目団十郎の演技も円熟の境地で、ますます人気が出るだろうな」

　俊平がそう言って、顎を撫でた。

「はは、殿もまことに芝居好きでございますな」

　惣右衛門が、からかうように俊平に言った。

「藩の財政も厳しき折、芝居ばかりにうつつを抜かしておるわけにはいかぬが、好きなものは好き、やはりやめられぬ」

　俊平は、自らそう言って憚らない。

「それは、そうでございましょうが」

　そう言いながら、惣右衛門は品書きを見て酒の肴の品定めにかかっている。

　俊平らの隣席は、威勢の良い火消しの男たちであった。

をの字の印の入った法被（はっぴ）をつけている。いろは四十八文字中、〈を組〉は浅草を受け持つ火消しである。わざわざ深川まで飲みに来たのかと、俊平は耳をすませた。

　男たちの言葉のはしはしから、頻繁に塩飽衆という言葉が出て来る。

「これは、どうも穏やかではないな。惣右衛門」

俊平は小声でささやいた。

「聞きとうはない話ですが、聞こえてきますな」

惣右衛門も苦笑いを浮かべる。

どうやら話の内容は、塩飽衆を名乗る者たちが江戸を暴れまわっており、このところ廻船問屋をつぎつぎと襲撃し、火を放ち、荷を奪っていくというものらしい。

「とにかく、やることが早え。町火消しが駆け付けた時には、火が蔵に燃え移った後、奴らもとっととずらかっているという」

「ああ。このたびは店の母屋まで火の手が廻らなかっただけでもみっけもんだったぜ」

「まったくよ。それにしても火付盗賊改方（ひつけとうぞくあらためかた）は、いったいなにをしてやがる」

気の荒い町火消しが、俊平のすぐ後ろで話しているので、男たちの顔は見えないが、声は大きく、話は筒抜けである。

「塩飽衆というのは、もともと海賊らしいな」

「へえ、今どき海賊かい」

「そうよ。瀬戸内の大海賊という。それにしても、将軍のお膝元のこの江戸に出張（でば）ってくるとは、大した根性をしてるじゃねえか」

三人の話は、塩飽衆の素性に及んでいるらしい。

「それにしても、お上は取り締まれねえのかい」

「なんでも、神君家康公から朱印状まで出ているので、簡単には取り締まれないらしい」

「そりゃ、ねえだろう」

「だから、奴らの好き放題らしいぜ」

「それで、奴らの頭は、なんでも女だっていうじゃねえか」

「へえ、女かい」

「〈見返り美人〉を描く女絵師だって話まである」

「そりゃ、ねえだろ。絵も描く海賊の頭領なんて、聞いたこともねえ」

「だが、瓦版にァ、そう書いているぜ」

「もし女だったら、とんだ食わせもんだぜ」

「まったくだ。江戸に火を放って捕まらねえばかりか、女絵師として評判を取るなんざ、歌舞伎にだって出てや来ねえ」

「いったいどんな顔をしているのか、いちど拝んでみてえもんだ」

男の声が、急ににやけたものに変わった。

「それが、なかなかのいい女というぜ」

「ほんとうかい」

なんだか、嬉しそうに男が言う。

火消しの話は、酔いも手伝って、さらに燃え上がってくるようであった。

「あ、こりゃあ、柳生の旦那」

と、聞き耳を立てる俊平に声をかける者がある。

〈を組〉の頭取辰次郎（たつじろう）であった。

俊平は、この辰次郎と手を組んでさる藩の大名火消しと、共に争ったことがある。

「おお、ずいぶんと久しぶりだの、辰次郎。その後、息災（そくさい）か」

「息災も息災、ぴんぴんしておりまさあ。だがねえ、このところの火付け騒ぎで忙しいんで、身体が幾つあっても足りませんや」

辰次郎はそう言って、同じ〈を組〉の三人の火消しのもとに腰を下ろした。

さっきまで威勢よく話し込んでいた三人の若者が、組の頭（かしら）と挨拶を交わした俊平と惣兵衛にふりかえって会釈した。

「さっきから話を聞いていたが、塩飽衆のことだね」

俊平が、火消しの一人に声をかけた。

「そうなんでさあ」

応じたものの、三人はまだ俊平が何者かわからない。

「日本橋界隈の廻船問屋をつぎつぎに荒らしまくって、そのうえ火を放って逃げていくんですから、どう仕様もありません」

火消しが苦り切った顔でそう言い、俊平の顔を見た。

「船でやってきて船で去るんで、火盗改めも後手に回ってしまうらしく、まるで捕りません」

兄貴格の火消しが、どう仕様もないという顔で言った。

「だが私の知るかぎり、瀬戸内の塩飽衆はあらかた陸に上がったというよ。それに、讃岐から江戸まで出て来て、廻船問屋を襲うというのもねえ」

俊平は、首を振って言う。

「じゃあ、お侍は、塩飽衆の仕業じゃねえと」

火消しの一人が、真顔になって俊平に反論した。

「私は、そうじゃないと思うね」

「ならば、一体火付け騒ぎを起こしているのは何者なんで」

辰次郎頭取が、身を乗り出して俊平に訊ねた。

「それは、いずれわかろうよ」

「そうかなあ」

細面の火消しが言った。

「いずれ、正体を暴いてやるつもりだがね」

「へえ、柳生様が？」

辰次郎が意外そうに俊平を見返した。

「私ひとりじゃ無理かもしれぬがね。まあ、ゆっくりとやるよ」

「なんだか、よくわかりませんが、柳生様に期待しておりますよ。こうつぎつぎに火付けが起こっちゃ、あっしら火消しも手が回りませんでね」

辰次郎が言った。

「そうだろう。ところで頭取、廻船問屋の大どころはあらかた賊に狙われたのかい。まだ残っている店があれば、教えてもらいたい」

「そうですねえ。日本橋界隈じゃ、相模屋(さがみや)、北野屋(きたのや)、それに遠州屋(えんしゅうや)なんかは、まだやられていませんや」

さきほどの細面の男が指を折って教えてくれた。

「そうかい、有難うよ。大いに役に立った」

「柳生先生がお出ましなら、いずれ事件も解決しましょうよ」

辰次郎頭取がそう言うと、火消し人足も、へえとばかりに俊平を見返した。

と、店の長縄暖簾を分けて、ふらりと入ってきた武士がいる。姫の用人、丸亀藩士神保幸太郎であった。

「どうした神保。うかぬ顔だな」

俊平が声をかけた。

「じつは、塩飽衆の評判が日毎に悪くなっております」

「なぜだ」

「はい、相変わらず瓦版がでたらめばかり書きまくっているので」

神保は嘆いてみせた。

「どんなふうだ」

俊平が、神保の腕を摑んで訊ねた。

「まあ、つっ立っておらず、ここに座れ」

俊平が神保を促すと、神保はぼんやりしていたことに気づき、俊平の横に腰を下ろした。

「話のつづきだ」

「はい」

神保は悔しがるばかりで、先を話さない。

「それが高松領の漁民は、塩飽の海賊の手口に泣き寝入りなどと」

「それは、まことのことではないな」

「むろんのことです。話は、まったくの逆で。塩飽の民は、江戸での評判が悪いのを知り、これ以上悪口雑言を浴びることになれば、大工仕事の注文にもさしさわると、じっと耐えております。一方、それを良いことに、高松藩に雇われた悪どもは、もう好き放題の乱暴狼藉」

「ううむ」

俊平も無念の思いを噛みしめて、惣右衛門と目を見合わせた。

「ここは辛抱するよりないのでしょうか」

「奉行所も動きだし、塩飽衆への尋問を始めたそうですが、もとより罪状などあろうはずもなく、黙って帰すだけといいます」

「それにしても、悔しいぜ」

俊平から聞いていつの間にか塩飽衆の味方となった三人の火消しも、唇をゆがめて悔しがった。

「それで、輝姫は今どうしておる」

「姫さまは、しっかりしたお方なので、ここは我慢のしどころだと、塩飽衆を宥めております」

「ううむ。それは頼もしいな」

「で、絵筆を執る現場には、いまだに高松藩の雇われ者どもが姿を現すのか」

「はい。ざっと十人ばかり。ただこのところは、丸亀藩士も応援に来てくれ、激しい争いにまでは発展しておりません」

「それはよかった。ま、高松藩士は姿を見せまい。藩同士の喧嘩はご法度となっている。いかに高松藩といえど、藩士が姿を現わし藩同士の衝突となれば、幕府も黙ってはおらぬからな。ま、お前も、飲め」

「町の悪党どもも、歴とした丸亀藩士が出張ってまいりました以上、突っかかってはこれませせぬ」

俊平は安堵して、猪口の酒を口に寄せた。

「ただ……」

神保はまだ悄然としている。

「なんだ、まだあるのか」

「姫さまのことでございます」

「悔しいことに姫さまに対する悪評までが、だいぶ町人の間に浸透してきたようでございます」

「それは、どういうことだ、神保」

「はい、春秋屋の話では、あれだけ人気を誇っていた姫さまの浮世絵ですが、近頃はこれまでほどは売れなくなっていると申します」

「神保、それはまことか」

「江戸町人が、根も葉もない噂を信じるのかといぶかしく思うのですが、たしかに売れた浮世絵の数は頭打ちで、このところは目に見えて減ってきたと春秋屋は申しております」

「なんとも、小癪なことよの」

俊平が唸った。

「春秋屋は、しばらく輝姫さまへの絵の依頼を休むよりないと言っているそうです」

「なに、休む？　それほど売れなくなっているのか」

「そのようです。あるいは、商売熱心な春秋屋のこと、北町に気を遣って、しばらくは目立たないようにしようというのかもしれません。春秋屋は、どうもはしっこくていけません」

神保が苦り切ったように言う。

「まあ、版元というのは、幕府の顔色をうかがいながらでなければ、商売が成り立たぬようだからの」

俊平は、苦笑いをして、神保を見返した。

「それで、姫は」

「はい、なんだか姫さまも気が抜けてしまったようで、そろそろ浮世絵の仕事から手を引こうかと申しております」

「それは、なんとも残念だ」

「わたしは、そろそろ姫さまの身分を明かしたほうが良いと、申し上げております。江戸の町民にも、妙な誤解を受けずに済みます」

「そうだな、そうしたほうがよいかもしれぬな。ただ、京極家が正直、どう考えておろうかの」

俊平は名門大名の心中を推察した。

姫が浮世絵の絵師では、やはり家名に傷がつくと思うかもしれないと思えるのである。

「京極殿はかまわぬと申されても、姫が気を遣うかもしれぬな」

「とにかく、ひでえ話だぜ。水戸様のご縁者だって、徳川様の御一門だって、悪いことをしたらお縄になるのは当然の話だ。おれたちゃ、黙って見ているわけにはいかねえぜ」

〈を組〉の辰次郎頭取が意気込む。

「そうさ。それが、江戸っ子の心意気ってもんさ」

俊平が、それでこそ町火消しとばかりに辰次郎の肩をたたいた。

「だが、〈を組〉の火消しだけで足りようか。相手は手ごわいぞ」

俊平に言われてちょっと心細くなったか、

「なら、他の組にも手を貸してもらうのも手だ。よし、よその組の力を借りることにしよう」

と、辰次郎が言った。

俊平が火消したちを見まわして、それぞれの猪口に酒を注いだ。

「あ、こりゃあ、柳生様直々に酒を注いでもらえるなんて、なんとも光栄な話で」

火消したちが顔を見合わせ喜んだ。

「高松藩なんざ、なにするもんでもねえ」

三人の火消しの一人が言えば、

「江戸の火消しの心意気を、讃岐の海賊どもに見せてやるぜ」

辰次郎頭取も、笑いながら三人をけしかけるのであった。

「それで、どうします」

火消しの一人が辰次郎に訊ねた。

「さてなあ。こうなりゃ、どちらが先に現場に駆けつけるかの勝負だ。奴らが来る前に、出張って待っているのさ」

「だが、どこに現れるかわからねえぜ」

「そりゃあそうだが、海の方角から船でやってくるのなら、自ずと絞られてくるぜ。川や掘割の近くだ」

もう一人の火消しが言う。

「そうは言うけど、廻船問屋はみな川に近え所にあるもんだぜ。大川か他の掘割に面している」

「もっともだ。まあ大手で被害に遭っていない店を考えたほうが早い。さっき言った相模屋、北野屋、遠州屋ってとこだろう」

辰次郎が言う。

「よし、みんなで手分けしてそこいらを見張ることにしようぜ」

「だが、おめえ。〈な組〉や〈た組〉じゃ、縄張りがちがうぜ」

「知ったことかい。とっ捕まえる言ったら、とっ捕まえる」

二

十日が過ぎたが、〈を組〉の辰次郎からはなんの連絡もなかった。

連絡がないということは、賊がいずれの廻船問屋にも現れてないということらしい。

――はて、海賊どもも警戒が厳しいと気づいておるのか。

と、俊平は苦笑いしてそう思うのであった。

「現れたらすぐわかりましょう。いましばらくのご辛抱でございます。廻船問屋の大手はそう多くはございません」

と、伊茶は言うが、高松藩の動きが止んだのは、新たな攻勢の準備かとも思え、俊平もどこか気が休まらない。

その日の夕刻近くになって、火事が起きたとの急報があった。

火事を知らせてきたのは〈を組〉の若い火消し見習いで、場所は日本橋馬喰町付近という。

俊平は早速、伊茶と慎吾、用人の惣右衛門、それに若い門弟一人を連れて現場に急行した。

せめて火の手が広がらぬことを期待していたが、残念なことにすでに夕闇に黒煙が立ち上がっていた。

「これは、いかん」

見れば、店の者が火消しに当たっている。

蔵を見上げれば、屋根の上で纏いを振るう火消しが数人見えた。

「おそらく〈た組〉の者が待機してくれていたのだと思います」

現れた遠耳の玄蔵が、夜陰に黒煙を上げる蔵を見上げて言った。

「これなら、大火にならずに済むだろうな」

「やられたか」

俊平は悔しそうに舌打ちして、黒煙を上げる店に歩み寄った。

〈た組〉の火消しが数人、駆けまわっている。

そのうちの一人が俊平に顔を向けた。

「どうだ、火のまわりは」

俊平が訊ねると、

「へい、〈た組〉の仲間が待機してくれていたんで、すぐに火消しにまわれました。この分なら、大火にならずに済みましょう」

「それは、幸いだ」

「でもねえ、悔しいじゃありませんか。どこから火を付けにくるのかわからないんじゃ、こちらも為す術がございません」

「そうだな、町奉行所も、火盗改めも、いかにも出動が遅い」

「こちら様は？」

背後から、恰幅の良い商人が俊平に近づいてきて、火消しの一人に訊ねた。

「はい、柳生様でございます。近頃の付け火を心配して、さぐるようにこの事件を追っておられます」

「私はある縁で塩飽衆をよく知っておってな。この事件は塩飽衆のせいではないと思うておる。塩飽衆を騙る者の正体を確かめにきた」

俊平の言葉に、商人は納得のいかぬ顔をした。

「お言葉を返すようでございますが、私どもは塩飽衆と確信しております。塩飽衆は商売敵でございます。私どもは廻船問屋でございます。日ノ本じゅうに廻船を張り巡らし、荷を届けてみなさまに喜ばれております」

「そうであろう」

「これまでの競争で我らは塩飽衆の便に勝ったのでございます。我らが恨みを受ける覚えはありません」

「むろんのことだ。そんなことで、塩飽衆も恨みに思うておるはずはない」

「では、誰がこのようなことを」

「これには、ちと複雑な事情があって今は言えぬが、いずれそなたにもわかろう」

「さようでございましょうか」

廻船問屋の主は不満そうに俊平を見返し、一礼して早々に去っていった。

「ふうむ」

俊平が苦笑いしてふたたび辺りを見まわすと、

「俊平様――」

呼ぶ声がある。

伊茶であった。慎吾の姿もある。

「おお、どうであった、賊を見たか」

俊平が伊茶に訊ねた。

「まだ船におります」

「どこにおるのだ」

「馬喰町を流れる川の上に」

「なんとも太々しい奴らでございます」

惣右衛門が言った。

「あの者ら、明かりもつけずに船で近づいてくると、いっせいに火矢を放ちました」

慎吾が言った。

「攻撃は川からであったか」

「さいわい〈た組〉が控えておりましたので、被害は大きくならずに済みそうです」

「うむ。店の者も懸命に消火に当たっておるようだな」

俊平は、店に出入りする店員を見まわして言った。

「ただ、船荷の被害は、かなり大きいものと思われます。火矢は、こちらの棟にも放たれております」

伊茶が言う。

「して、慎吾。賊を見たのか」

俊平が慎吾に訊ねた。

「はい。宵闇が深く、定かではございませんが、船上の黒い影は海賊然として荒々しい姿でございました」

「どれほどの数だ」

「十余人であったと思われます。一部に浪人者の姿も見受けられました」

柳生道場の門弟の深沢小十郎が言った。

「恐らく輝姫を追いまわすあの極道者らが動いているのであろう。いずれも高松藩が雇い入れた者らにちがいあるまい。まだ川の上におると申すか」

「はい。船の上で、笑い声が聞こえておりました」

「忌々しい奴らめ。して、奉行所はまだ来ぬのか」

「未だに」

「向井水軍の関船も、まずここまではやって来られぬはず」

「となると、どちらもあてにできな。これでは、奴らのなすがままだ」

「これで四件目でございます」

慎吾が言う。

「高松藩は、まこと執拗でございますな」

玄蔵が、呆れたように言った。

「これが、御三家の御威光というものか」

俊平が皮肉げに言い捨てた。

幸い、町火消の迅速な対応もあり、火は鎮まりつつあった。

「問題は船荷だな。大分やられたか」

俊平が、伊茶に訊ねた。

「荷は火を浴び、だいぶ焼けてしまったものと思います」

「調べましたところ、全焼した平船が三艘、半焼したものが、二艘ございます」

慎吾が、暗い表情で言った。

店の前の表通りを、馬で駆けつけてくる一隊がいる。

火付盗賊改方の面々であった。馬上の陣笠の侍が、俊平を見つけて駆け寄ってきた。

「そこもとは――」

急ぎ着流しの俊平を何者かと誰何したのであった。

「柳生俊平と申す」

俊平は、笑って答えた。

「あ、これは。柳生様で。それがし、火盗改の朝岡方喬でござる。しかし、何故柳生様がここに」

朝岡は馬上から飛び下り、俊平にあらためて一礼した。

「いやな。廻船問屋がつぎつぎに襲われるのを見ておれずに飛び出してきた。塩飽衆のことはよく知っておってな。盗賊とは思えぬのだ」

「ご助勢、まことにありがたく存じます。じつは、われらもこのところの火付け騒ぎを塩飽の者たちの仕業とは考えにくいと思うておりまするが、さりとて、はっきりしたことがまだわからず……」

「さようか」

「ただ、この賊にはいつも船上から襲撃を受けるので、手を打てずにおるのはまことに残念」

「左様でござるな」

俊平も無念そうに顎を撫でた。

「火はあらかた消えたようだ。これは不幸中の幸い」

「まことに」

「されば、被害を確かめまする。これにて失礼いたす」

火盗改め朝岡方喬は、隊を率い慌ただしく俊平のもとから去っていった。

「ところで、賊はまだこの近くにおるのか」

「さあ、店の周辺にはおらぬと存じます。川にはまだ残っております」

慎吾が、首をかしげた。

「見てまいれ」

惣右衛門が慎吾に命じると、火事場の人混みを掻き分け、慎吾は小十郎と川を見下ろす土手まで駆けて行った。

慎吾はもどってくると、

「奴らめ、太々しいことに、また近くに船を停泊させて積荷を奪っております」

と、俊平に報告した。

「海賊らしい欲の深さよ。ならば、どこに逃げていくか、奴らの後を尾けてみよう」

「慎吾と小十郎、番頭に言って平船を一艘用意してもらえぬか」

「はい、やってみます」

「なるべく目立たぬように。賊の平船に近づいていく。みなもよいな」

一同を見渡せば、みなも胸を高鳴らせているのか意気込み、刀の柄を握りしめている。

「俊平様、ここはぜひ奴らを一網打尽にいたしましょう」

伊茶が、刀を引き寄せて言った。

船頭付きの平船が見つかったので、一同それに乗り込む。

賊の乗った平船は、前方夜陰の向こうを滑るように進んでいく。

船は日本橋川から広々とした大川に出ると、河口に向かって舵を切ったようであった。

三日月が雲間から出入りし、辺りはひどく暗い。

風が出て、船上の俊平の鬢を時折靡かせる。

「どこまで行くのであろうな」

俊平が伊茶に声をかけると、

「さあ、これでは江戸湾まで出てしまいそうでございます」

伊茶が闇の向こうを不安げにうかがった。

左前方に、黒々と佃島が見えてきた。

人家は灯りが消え、深い闇のなかに沈んでいる。前方の船は、大海原が見えるところまで進むと、島影を迂回するように、東に舵を切った。

佃島の向こうは越中島で、ほとんど人家は見当たらない砂浜である。

「おや、奴らめ、陸に上がるようです」

惣右衛門が、俊平に声をかけた。

「そのようだな」

俊平は船頭に命じて、こちらも船を止める。

船を土手に近づけた賊一行が、草を蹴るようにして小高い土手を駆け上がっていく。

「賊の目に付かぬよう、船を着けてくれ」

船頭に言うと、俊平ら一行もその後を追った。

賊の一群は、小高い土手を上がりきると、河原で火を熾し、円陣を組んで座り込んだ。

「なにを、しているのでございましょうな」

惣右衛門が、俊平の耳元でいぶかしげに呟いた。

「おそらく、酒盛りでもするのであろう」

推察したとおり、用意していた酒が振舞われ、荒くれ男たちが茶碗で酒を飲みはじめた。食物も、ふんだんに用意ができているらしい。みな、貪り食っている。

熾された火に、男たちの面貌が浮かんでいた。

「奴め」

俊平が、その一人の顔にくぎ付けになった。

弟新十郎がいる。

「やはり、輝姫に襲いかかる者らが、塩飽衆を名乗っていたのでございますな」

惣右衛門が、忌々しげに舌打ちした。

「それにしても、新十郎が火付けの盗賊にまで加わっていたとはな」

俊平が残念そうに言って肩を落とした。

「おそらく罪は逃れられれますまい」

玄蔵が俊平に小声で言った。

いかに松平家の者であろうと、火付け盗賊となれば、重罪を免れないことはみな承知である。

「あっしは見ておりませんぜ」

玄蔵が言った。

「私も同様でございます」

慎吾も言う。

「よいのだ、新十郎はすべて承知の上でやっているのだ」

「ここは、いかがなされます、殿」

慎吾が、厳しい口調で言った。

「みなはここで待て」

俊平がゆっくりと立ち上がり、炎の円陣に向かって歩いて行った。

近づいてくる人影に気づいて、炎を囲んでいた男たちがふりかえった。

「お、おまえは！」

悪党の一人が叫んだ。

「柳生俊平だよ」

「こ奴ッ」

男たちが驚いてそれぞれの得物を摑み、バラバラと俊平を取り囲む。

伊茶や惣右衛門、慎吾らが駆け寄ってきた。

「そなたらは、浪人どもに当たれ。惣右衛門は荒くれどもを捕らえてくれ。抵抗すればば、斬ってもよい」

俊平が、言いさだめるように言った。

「して、殿は――」

伊茶が、心配そうに俊平を見返した。

「私は新十郎を説得する」

俊平が言ってさらに進む。

「新十郎——」

冷やかに新十郎が応じた。

「兄者か」

「今日は本気で勝負をするか」

「馬鹿を申すな。なぜ、兄弟で斬り合わねばならぬ」

「兄弟か。名ばかりの兄弟であったな」

「おぬし、火付けの一味に加わったな」

「ああ」

投げやりな口調で、新十郎が答えた。

「火矢も射かけたか」

「射た——」

「そうか」

俊平が口ごもった。

「商人を一人射殺した」

「なんということをする」

「おれは海賊になったのだ。高松藩が仲間としてくれた。高松藩の背後には水戸家もいる。天下無敵だ、誰も俺を止め立てすることはできぬ」

「いや。火を放ち、人を殺めたとなれば、ただで済むわけはない」

「ほう、どうなる」

「捕えられれば、重罪を申し渡されよう」

それを聞いて、新十郎の表情が変わった。

「面白いではないか。おれが死罪を食らうか、生きながらえるのか見ておれ」

「もう、海賊まがいの狼藉はやめよ、新十郎」

「やめぬな。私は今、森藩久留島殿にも、高松藩松平殿にも大切にされておる」

「そのような真似がいつまでもつづけられると思うな、新十郎」

俊平の背後で動きがあった。

抜刀した浪人たちが、惣右衛門と慎吾に詰め寄っていく。

伊茶が駆けだしていき、二人の前に立った。

焚火の炎を受けて立つ女武者の出現に、浪人者たちがたじろいだ。

「そなたら、女を相手にできぬか」

伊茶は笑いながら、男たちに詰め寄っていった。

「だまれ、女！」

奥目の浪人者が、刀を上段に跳ね上げ、いきなり伊茶に斬りかかった。

だが、伊茶の姿をすぐに見失った。伊茶は驚くべきしなやかさで、男の背後に廻り込んでいる。

「ここだ」

伊茶が言う。

浪人者はふりかえったが、すぐに峰打ちで肩をたたかれ、気を失ってその場に倒れた。

慎吾と惣右衛門は、二人の浪人者に向かって突っ込んでいった。

間合いが瞬く間に詰まり、それぞれの身体が交差した時には、浪人者の二人が倒されている。

「新十郎、今宵は見逃してやる。去れ。もはや二度とこのような仲間には加わるな」

俊平は、つかつかと新十郎に向かって歩いていった。

新十郎は、その場で両足を広げて立ち刀を抜き払った。

「新十郎、やめよ。刀を納めるのだ」

「いや、納めぬな」

新十郎が草履を滑らせて、さらに前に出る。

新十郎の後方の土手に、人影がある。それも、かなりの数である。松明(たいまつ)を抱える一隊が現れた。誰あろう、久留島光通率いる森藩の藩士であった。

「面白い。行け、新十郎！」

久留島光通が背後から新十郎の背をたきつけるように言った。

「黙れ、久留島！」

俊平が、海賊大名に向かって、怒りをぶつけた。

「私と勝負をつけたいのなら、いつでも相手をする。弟は関係あるまい。降りてこい」

土手の上の久留島に向かって、俊平は叫んだ。

「いやだね。おれもお前も大名だ。大名同士の争いは、どのような幕府のお裁きがあるかは承知していよう」

「剣では敵(かな)わぬと知り妙な理屈を申すか。人里離れた島で斬り合ったところで、誰にも知られまい」

「それは道理だ。だが、それより、お前と弟の勝負をぜひ見たいものだ。子供のころは弟のほうが強く、いつもお前は道場の床を舐めていたというではないか。今日も、この島の砂を嚙め。あ、いや、今宵は真剣の勝負であったな」

久留島光通がけしかけるように言った。

「兄弟同士が真剣で斬り合うなど劣かなこと。私は相手はせぬ」

「抜け、兄者。これは剣を志す者のさだめ」

「新十郎、私が斬れるものなら、斬ってみよ」

俊平が一歩前に出た。

「殿ーッ。船が島を囲んでおります」

闇のなかで慎吾の声が響いた。そのうえ、森藩士がざわめきはじめている。

「向井水軍か」

「そのようでございます」

「囲まれたな、久留島」

「なんの、ここから佃島へは簡単に渡れる」

森藩の雇われ者たちが去っていくのがわかる。

「我らも去るとするか」

俊平が言った。さらに、

「新十郎はやさぐれておるだけだ。わかってくれる」

俊平がひとりごちた。

「そうだとよろしいのですが」

伊茶がそう言って不安げに俊平を見つめるのであった。

三

「もし、姫が絵をやめることになれば、誠に残念なことよな」

俊平が、深い吐息とともに言った。

久しぶりで玄蔵が藩邸に訪ねてきて、町のようすを伝えてくれているのだが、姫の美人画をこのところとんと見かけないと言う。

「〈見返り美人〉が見られぬようになるなど、とても考えられませぬ」

伊茶も溜息交じりに言った。

「やはり版元の春秋屋が、出版を抑えておるのだろう」

俊平が言った。

「俊平さま。ここはなんとしても、姫さまに絵をつづけていただくために、高松藩をぜひとも懲らしめてくださりませ」

伊茶がそう力を込めて言えば、玄蔵も笑う。

「それに、吉野さまの行く末にも興味がございます」

「吉野は吉野だ。これ以上人気を取ろうとは思っておらぬようだ」

「まあ、それは残念にございます」

伊茶はしゅんとして肩を落とした。

「町娘のようなことを言う。とはいっても、人というもの、目立つ存在になってみたいと思う反面、なってみたはみたで、思いのほか面倒になってくるものだそうだ」

「まあ、そのようなものでございますか」

「いつだったたか、大御所が言っていたよ。人の眼差しがうっとうしいとね。名の売れた人にしかわからない悩みだろう。まあ、吉野などまだまだだ。だがその一端を垣間見たのかもしれぬな。平凡なのがいちばんんだ」

「ところで自由な町歩きは楽しうございましょう。私など殿がうらやましうございます」

伊茶が俊平を見て、うつむくのであった。

「なんだ、先日は少し暴れたようだが……その後、屋敷に籠ってばかりで退屈しておるのか」

「そうかもしれませせぬ」

白状するように伊茶が言う。

「ならば、久しぶりに町に連れ出すとしよう。こたびの高松藩の動き、ともに追ってくれるか、伊茶」

「嬉しうございます」

「そこで、玄蔵」

「へい」

玄蔵は、俊平と伊茶を見比べてから、

「あっしの見るところ、奴らめ、そろそろ動くのではないかと思っております」

「そなたの勘か」

「まあ、そうでございます。こちらの動きを見て、奴らは慎重になっているのだと思います」

「そうか、だがそろそろ痺れを切らしはじめたと思うか。玄蔵、それではそなたの勘にかけてみよう。やはり奴らは、まだまだ廻船問屋を狙いそうか」

「へい。奴らは塩飽衆を意地でも倒したいようで」

「幸いさなえが高松藩へ女中奉公に入り込むことができましたので、なにか動きを摑んでくれると有難いのですが」

「それは上々だな。さなえのことだ、きっとなにか摑んでこよう」

「へい、それでは」

　玄蔵は声を落として、懐から三枚の見取り図を取り出し、俊平と伊茶の前に広げた。

「こちらが遠州屋、こちらが北野屋、こちらが相模屋で、奴らが狙っている廻船問屋をこの三つに絞りました」

「〈を組〉の辰次郎と、考え方は同じだな」

「へい。まだ奴らの手の伸びていないのは、この三つぐらいのものでございます」

「うむ、されば手を分けるとしよう。このところ腕を上げてきた門弟に働いてもらおう」

「玄蔵、そなたはさなえとともに高松藩邸を見張ってくれ。妙な動きがあれば、私に急報してほしい。他の者は、廻船問屋だ。奴らの動きは早い」

「かしこまってございます」

「この前と同じように〈を組〉の連中が、他の組に出動を頼むと言っていた。また、みなで力を合わせることになるな」

　俊平が言うと、

「今度は絶対に逃がさねえようにしまさあ」

「ぜひそうしたいの。姫が安心して浮世絵に打ち込めるよう、手を貸してやりたい」

「まったくで。ここまで汚名を着せられて、黙って身を退くようなことがあっちゃならねえ」

玄蔵が、しみじみとした口調で言った。

「私ももうひと暴れできます。胸が躍ります」

「これこれ、伊茶。あまり乱暴なことはいたすなよ。相手は高松藩だ」

「わかっております」

「なあに、構いやしませんや。上様もこたびのことには、かなり熱を入れておられます」

「されば、門弟の人選に入ろう」

「それじゃああっしはこれで。早速高松藩のようすを探りにまいります」

「済まぬな。伊茶、玄蔵に握り飯など用意してやってくれぬか」

「いや奥方様、あっしにはこれが」

玄蔵が懐から、竹の皮にくるんだ握り飯を取り出してみせた。

「さっきさなえから藩のようすを聞いてきました。さなえは、藩の台所を任せられておるそうで、こんなものを」

「そうかそうか、それは仲が良いな」

俊平は伊茶と顔を見合わせ、含み笑うのであった。


それから三日ほど経った日の夕刻。

玄蔵が慌てふためいて、柳生藩邸に駆け込んできた。

「御前、動きましたぜ」

「なに、高松藩の輩、ついに動いたか」

「それが、藩士が十人ほどで馬に乗って出かけました。ところがそいつらが正面玄関から堂々と出て行ったあと、町の悪党どもも、なにやら門から飛び出しておりやす。あっしは馬に乗った藩士を追いかけようか、それともその悪党どもを追おうかと迷いましたが、幸いさなえが飛び出して来て、悪党どもは自分が追うと申しました。それで手分けして追うことにいたしました」

「ふむ、それで藩士を追ったのだな」

「はい、さすがに相手は馬なので、追うだけで苦労しましたが、なんとか」

「どこに行ったのだ」

玄蔵は、若党の用意した水を口に含んでから、

「へい、それがやはり虎ノ門の丸亀藩邸に向かいましてございます」

「太々しいやつらよのう。だが、得物はどうしたのだ」

「屋敷を出た時には、二本の刀以外に得物らしいものはありませんでしたが、途中、奴らを待ち構えていた荷車の一隊がおり、菰に隠していた弓矢を受け取りました。それが火矢だったのでございます」

「やはり火矢か」

「それに人足どもが火を付け、丸亀藩の藩邸めがけて射かけるにちがいありません」

「ううむ」

俊平が唸った。

とその時、稽古着姿のままの若党が廊下に立ち、来客の到来を告げた。

丸亀藩の神保である。

現れた神保の顔がひどく青ざめている。

「一体どうしたのだ。とにかく座れ」

「じつは、塩飽衆の大工彦三郎が奉行所に曳かれていきました」

「なに、彦三郎が。どちらの奉行所だ」

「北町奉行所でございます」

「それで、どうなったのだ」

「丸亀藩のほうから奉行所に問い合わせましたが、なしの礫で」

「なしの礫とは、どういうことだ」

「わかりません」

「塩飽の衆は、東照大権現様より武士並みの扱いを約束されております。町奉行所に捕えられるいわれはないと思いますが」

「まことにの。して、罪状はなんだ」

「火付けの罪かと。塩飽衆は、そのようなことはけっしてやっておりません」

神保とともに来ていた塩飽衆の仙吉が顔を強張らせて言った。俊平もさすがに怒気を露にした。

「彦三郎と仲の良い者に問いただしたところ、彦三郎は、おそらく廻船問屋の近くで一人佇んでいたとのこと。北町奉行所の役人が、それを捕らえたようにございます」

「なぜ彦三郎は、そのようなところに佇んでおったのかの」

「じつは、彦三郎のやつ、女とつきあっていたようなのです」

神保が困ったように言った。

「女と?」

「喜美(きみ)という、神田同朋町(どうぼうちょう)にある水茶屋の娘です」

俊平が伊茶と顔を見合わせた。

「その喜美と、その場で会っていたのを見た者があるといいます」

「だが、なぜ喜美だとわかったのだ」

「喜美は水茶屋でも人気の娘なので、辺りを徘徊していた客に見られたのではないでしょうか」

「ということは、喜美は彦三郎をその場に呼び出したということか」

俊平は苦い顔でそう言って、腕を組んだ。

「当たってみる必要があるな」

「ともあれ、無実の身だが、このままでは死罪を宣告されましょう。なんとしても救出せねばなりませぬ。その件で、塩飽衆を監督する丸亀藩が北町奉行所に掛け合ったのですが」

神保がそう言い、口ごもった。

「そうか、ならば私が掛け合うよりあるまい」

「おそらく柳生様が行ったところで、難しうございましょう。とにかく頑(かたく)なで、どこか確信的。私の見るところ、どこかの圧力が加わっているようにも見えます」

「圧力？」

「確証がないのではっきりは申せませんが……」

俊平は惣右衛門と顔を見合わせ、唇を嚙んだ。

「高松藩、あるいはその上の水戸藩など、絡んでいるかもしれないと神保は言いたいのだろう。念のため慎重に対応せねばな」

「しかし柳生様、彦三郎は、いつ処刑されてしまうかわかりません」

仙吉が、声を詰まらせて言った。

丸亀藩の神保幸太郎と塩飽衆の仙吉は、取り敢えず帰らせ、惣右衛門と玄蔵だけを伴って、北町奉行所で奉行への面会を求めたが、あいにく床に就いたため帰ってほしいと、俊平は体よく追い払われた。

「御前、やはりだめでございましたか」

闇のなかから現れた遠耳の玄蔵が言葉少なげに言った。

俊平が奉行所の入口で面会を求めるわずかな間に玄蔵は奉行所のなかを探ってきた。

「どうやら、彦三郎はまだ生きておるように見えます」

玄蔵が俊平の耳に顔を近づけて言う。

「それは救いとなる話だな」

俊平は惣右衛門と顔を見合わせて言った。

「彦三郎のようすはどうだ」

「体じゅう至る所が腫れあがり、打ち身も黒々と、それはひどいものでございます。石を大分抱かされたのでしょう、立ち上がることもできず、独房にうずくまっておりました」

「よくそれで、生きているものだ。辛い思いをさせているのう。そなたも、警備の厳しい奉行所によく潜入したものだ」

「お庭番が、北町奉行所に忍び込むのは、ちょっとばかり気が引けましたが、致し方ございません」

玄蔵が苦笑いして言った。

「それはそうと、御前。水茶屋の娘の件でございますが」

「うむ、私も気になっていた」

「彦三郎は、その女に嵌(は)められたのではないかと思いましてね、ちょっと当たってみました」

「どんな娘であった」

「町の人気者なんで、なかなかの器量よしでした。が、性格はすこぶる評判が悪うございました」

「はて」

「金には相当汚くて、お客からは大金を踏んだくるわ、その気にさせて通わせた挙句、相手にはしねえ」

「はは、そういう手合いは、どこにでもいそうだな。して、その娘は今どこにおる」

「それが、もう店にはしばらく出ていないそうで」

「それは困ったな」

「しかし、さなえから先ほど連絡があり、喜美は実家に現れた形跡がある、と伝えてきました」

「家に、いったんもどったのやもしれぬ」

「しかし、また出て行ったそうで」

「男のもとにでももどったのであろうか」

「そうかもしれませぬ」

玄蔵が暗い顔で俊平を見返した。

「ならばまず、娘の実家に行ってみよう」

「承知しやした」

俊平は惣右衛門、玄蔵と、娘の実家に向かった。

「どうやら長屋の住人は、早々と床に入ってしまったようだな」

灯の消えた長屋の棟を見まわして、俊平は吐息を漏らした。


「もう五つ（八時）を回っております。無理もありませんや」

闇のなか、ほのかに井戸が見えている。その陰に、人の気配があった。

「ああ、なんだ、さなえか」

小柄な人影が、井戸の背後から姿を現わしこちらにやってくる。

さなえは闇のなか、俊平に微笑み一礼した。

「あっしが御前をお連れするので、聞き込みをやって待っておるよう、申しつけておりました」

「それは待たせたたな」

と、俊平が言った。

「それでなにか摑めたか」

「近所の聞き込みをしたところ、この家は、一家そろって近所の鼻つまみ者らしく、あまりつきあいもないようにございます」

「狭い長屋では、どちらも気詰まりであろうな」

「親父殿は、町の悪どもとの交際もあるようで、娘の周りにも、一癖ありそうな若者が近づいてきているようでございます」

「ほう、ならば娘にちょっかいを出す極道者も、ありそうだな」

「話が繋がりますなあ、殿」

惣右衛門が言った。

「塩飽衆を騙る者どもの仲間かもしれぬな」

「左様でございます」

惣右衛門が、にやりと笑った。

「ただ娘の行方が摑めません」

「うむ、今夜はここまでとするしかないな」

「私は、今夜はここを見張るようにいたしましょう」

さなえが言った。

「朝になれば、もどってくるやもしれません」

さなえが言った。

「そなた一人では辛かろう。それに、娘の周りには町の悪どもが、うろうろしている。おれも一緒にここを見張ることにするぜ」

玄蔵がそう言って、俊平と惣右衛門に別れを告げようとした時、裏長屋のどぶ板を踏み鳴らす小さな音がある。

俊平は玄蔵に、

「おい」

と小声で合図を送った。

玄蔵はすっ飛ぶように駆けて、物陰でこちらのようすをうかがう男をひっ捕らえてきた。

腕を捩り上げれば、男は苦しそうに身を捩らせる。

さなえが懐に忍ばせていた火縄に火をくれる。その明かりに、男の顔が浮かび上がった。

「お前、見たことのある顔だな」

男は、そう言う俊平から顔を背けた。

その顎をしゃくって、玄蔵がこちらに力ずくで顔を向ける。

「お前は姫の周りでたびたびちょっかいを出していた、極道者だな」

「いや、それればかりではないぞ。廻船問屋を襲った連中のなかにも、この顔はあった」

俊平が言った。

「喜美は、お前のなににあたる」

そう訊くと、男はまた苦しそうにもがいた。

玄蔵がさらに腕を強く締め上げる。

「なぜ、闇のなかで我らのようすをうかがっていた?」

「知らねえ」

「知らぬわけがあるまい。ここをうかがっていたということは、お前は喜美の兄ではないか」

「し、知らねえ」

懸命にもがいて玄蔵から離れようとする男を、玄蔵は面倒とばかりに、足を払って倒し、縄を打った。

「よし、これで逃げられぬな」

玄蔵はにやりと笑って、締め上げた男に微笑んだ。

「どうする気だ」

俊平が玄蔵に問うた。

「奉行所に突き出すよりありませぬ」

玄蔵が言えば、男はなぜか安堵した表情を浮かべた。

「ほほう、お前、奉行所は怖くないのか」

「知らねえや」

「北町奉行の稲生殿は、水戸藩、高松藩と大分親しいと聞いたことがあります」

玄蔵が言った。

「そうか。だが私を甘く見ては困るぞ。北町奉行が誰とつるんでいようと、私はそんなものは怖くない」

俊平がそう言うと、男は怪訝そうに見返した。

将軍家剣術指南役とは言えど、たかだか一万石の大名に、なにができるという目をしている。

「おい、この男は幕府お庭番、上様の直属だ。さらに、この私も、高松藩の横暴を懲らしめるお役目を上様から頂戴している」

「なんだと！」

「つまり、いざとなれば北町奉行所を飛び越えて、幕府評定所でお前を直接裁き、獄門台に送ることだってできるのだ」

「げっ」

「はは、それもお前の態度次第だよ。もしお前が喜美の所在をおれに教えてくれるなら、お前を解き放してやることだってできるのだ」

「だが、おれは知らねえんだよ」

「ならば、今宵はわが藩邸の座敷牢で眠ってもらおう。明日は、お前を幕府評定所に引っ立てる」

「おれはなにも知らねえよ」

「いいや、お前は塩飽衆と称し、丸亀藩の金刀比羅宮別宮に火を放ったはずだ」

「そんなこと、知らねえや」

「大岡殿はいま寺社奉行だ。金毘羅さまは管轄。お前をお縄にし、獄門台に送ることだってできるのだ」

「やめてくれ、おれはなにも知らねえ」

「獄門台行きを選ぶか、それとも無罪放免、どこかに高飛びして、しばらくのんびり暮らすか、どちらを選ぶな」

「しかしなあ、まちがいなくおれを見逃してくれるんだろうな」

思いっきり凄むようにそう言って、男が俊平を見返した。

「罪もない塩飽衆の一人を救うためだ。仕方ない。喜美はどこだ」

「いい仲の野郎と一緒だ。おれのだち公だよ」

「そこに案内しろ」

「えっ」

男がまた逃げ出そうと懸命にもがいた。

俊平に捕らえられたところを仲間に見られたら、どんな仕打ちを受けるかわからないらしい。

「連れて行ってやる。だがあいつらには、姿を見られねえようにしてくれ」

逃げられないとあきらめた男が、縋りつくように言った。

「わかっておるわ」

「約束だぞ、きっとだ」

男は立ち上がり、ふらふらと歩きだした。男の前を惣右衛門が固める。

男が向かったのは、そこから半町ほど離れた、表通りに面した二階建ての長屋で、一階は商店のようであったが、戸を閉めているので何を商っているのか定かではない。

二階にはまだ明かりが灯っていた。

「玄蔵、そなたはこやつを逃さぬようにして、ここで待っていてくれぬか。私と惣右衛門が、あの二階に踏み込む」

そう言い残して、俊平が店の戸をたたいた。

ややあって、なかから人の声があり、年寄りの顔がぬっと現れた。

「二階に水茶屋の娘、喜美がおろう。会わせてほしい」

俊平が老人に顔を近づけて、訊ねた。

「そんな者はいねえよ」

老人は抉るような眼差しで、俊平を見返して言った。

「私は是非にもその娘に会わねばならぬ」

俊平は懐の巾着から金子を取り出し、老人の懐にねじ込んだ。

「誰にも言わねえでくだせえよ。あっしは寝ていたんですからねえ。勝手に戸をこじ開けて入ったことにしてくだせえ」

「ずる賢い奴だ。まあいいだろう」

俊平は惣右衛門に合図を送り、急な階段を二階に駆け上がった。二階では喜美と若いやくざふうの男が、身体を寄せ合い、酒を飲んでいた。かなり酒が入っているらしい。

「ほう、お前たちやっておるな」

俊平が声をかけると、二人はぎょっとして俊平と惣右衛門を見上げた。

「お前は」

「私は風流が大好きな侍でな。美人画の仕事現場をよく目にするのだ。お前のこともどこかで見たようだ」

「あっ、そういやあ」

薄暗がりに立つ俊平と惣右衛門を、目を細めてもういちど睨み据えた男は、あっと声を上げた。

「柳生！」

「おお、知っていてくれたか。それなら話が早い。お前も塩飽衆と称して江戸の廻船問屋を荒らしまわった口だな。だが今日は、そちらの娘のほうに用がある」

「あたし……」

喜美が憎々しい眼差しで俊平を睨んだ。

「お前の贔屓筋の客に、塩飽衆の大工、彦三郎がおるな」

「だったら、どうだっていうのさ」

「頼まれてあの男を廻船問屋までおびき出し、北町奉行に捕えさせた。そうであったな」

「しつこいね。お前の知ったこっちゃないだろう」

「そうはいかん。私の大切な友が、冤罪で奉行所に捕えられてしまった。お前に罠を掛けられてな」

「うるさいねえ」

喜美は一緒に飲んでいた男に顎をしゃくって、追い出せと指図した。

だが男は動けない。

「どうしたんだい、元吉（げんきち）」

喜美が苛立たしげに男を見返した。

「こいつは、おれなんぞが歯の立つ相手じゃねえ」

「じゃあ、どうしたらいいのさ」

「一緒に私の屋敷に来い。夜食ぐらいは用意してやる」

喜美が急に蒼ざめた顔で俊平を見返した。

「それからどうするんだい」

「私の屋敷でじっと待っておればよい。段取りはこちらで立てる」

「お前なにをする気なんだよ」

「彦三郎を助けるだけだ」

「私はどうなるんだよ」

「人を騙し陥れた罪は軽くない。島流しぐらいのお裁きはあって当然だが、こたびは許してやろう」

「ちきしょう、逃げられないなら、まな板の鯉だよ」

「お前は用なしだ、早く去れ」

惣右衛門が男を蹴りつけ、男を急きたてた。

男は憎々しそうに二人を見返したが、逃げ去って行った。


「どうだ、喜美はよく休んでいるか」

翌朝、目を覚ました俊平は、先に床を離れ、朝の眩い光のなかで立ち働いている伊茶に訊ねた。

「あの娘はしっかりしておりますよ。朝起きると洗面を済ませ、何事もなかったかのように、髪を梳かしております」

「今どきの娘は、なんともしっかりしておるな。して惣右衛門は」

「さきほど簡単に朝食を済ませ、大岡様のお屋敷に向かいました」

「すべて大岡様がうまくやってくれよう」

俊平は起き上がり、大きく欠伸（あくび）をした。

惣右衛門と昨夜話し合った段取りでは、大岡忠相が昵懇の南町奉行松浪筑後守（まつなみちくごのかみ）に声をかけ、北町奉行稲生正武に話を持ちかける。話の内容は、俊平が預かる喜美が、彦三郎を誘い出し、廻船問屋相模屋の前に佇ませ、あたかも火を付けた塩飽衆に見えるよう仕向けた、と証言させることであった。

この事件は上様も関心があり、注視しておられると付け加えることにした。そうすれば、すべての冤罪が露見するので、北町奉行は彦三郎を釈放するはずと、俊平は踏んだのであった。

「それで、惣右衛門から連絡はあったか」

俊平は伊茶に問いかけた。

「まあそれはご無理というもの。惣右衛門さまが藩邸を出てから、まだそれほど経っておりません」

「それはそうであったな」

「それに大岡様も、北町奉行所に交換条件を持ちかけるには、いろいろ策を練らねばならないはず。もう少し時間がかかりましょう」

「もっともな話だ。いやな、彦三郎のことを思えば、一刻も早く助けてやりたいのだが」

「まことに。決着を急ぎ、北町奉行所が早々にお裁きを下せば、彦三郎どのの命が危のうございます」

「私がいささか落ち着かぬのは、そこなのだ」

「はい、しかしいま少し落ち着かれませ。きっと惣右衛門さまは、吉報を持ってお帰りになりましょう」

「そうであろうな」

俊平が朝食を済ませ、道場に出てひと汗かいたところで、ようやく惣右衛門がもどってきた。

「して、どうであった」

俊平が駆け寄って訊ねた。

「大岡様は、じっくりと私の話をお聞きになり、しばらく目を閉じて考えておられましたが、最後にわかったとのみお答えになりました」

「ならば、お引き受けなされたのだな」

「そう申されました。ただ、難しいお顔をされておりました。どう対処したらよいか、熟慮されておりました」

「そうであろうな」

「まずは吉報を待つよりありませぬな」

「それで、他になにか申しておられたか」

「北町奉行の稲生様はなかなかの策士にて、幕府の有力者との交際も多いと笑っておられました」

「ははは、よくご存じだ。高松藩の事情も知っておられような」

「はい、たしかに水戸藩の支藩でござったな、と申しておりました」

「塩飽衆のこともご存知であったか」

「はい。町の評判もよくご存知でありました」

「それは誤解だ」

「及ばずながら、それがしがこれまでの経緯をご説明すると、態度を変えられたごようすでございました」

「そうか、それは一安心だな。それにしても、そち、なぜもどりが遅かった」

「それがその、大岡様に呼び止められまして」

惣右衛門が苦笑いを浮かべた。

「呼び止められた？」

「はい、近頃は暇で困っておると申されて、囲碁をつきあわされましてございます」

「その間、大岡殿は動かなかったのだな」

「いえ、四半刻（三十分）ほど机に向かわれ、なにやら書状を認め、あのべこの笠原殿を呼びつけ、これを北町奉行に届けるようにと申されました」

「そうか、それでそちはこの刻限まで囲碁をつきあわされたのか」

俊平はにやりと笑って、惣右衛門を見返した。

べこの笠原こと、笠原弥九郎が、柳生藩邸を訪れてきたのは、その日も六ツ（六時）を過ぎてのことであった。

「お待たせいたしました」

笠原が大岡からの書状を抱えて言う。

「その顔は、吉報を抱えてきたのだな」

「それが、大岡様は私にはなにも仰らないのです」

「うむ」

俊平はわずかに顔を曇らせた。

「ただこの書状をお渡しせよと」

笠原は胸中から一通の書状を取り出し、

「どれどれ」

それを受け取り、目を通す。

忠相の書状は短いものであった。

大岡の提案は承諾されたという。北町奉行稲生正武は、忠相に返書を認め、ぶっきらぼうに寺社奉行所に届けてきたという。それには「悪行を重ねる塩飽衆の一員を手放すのは忍びないが、大岡殿の申し状に配慮し、申し出を聞き届ける」とあった。

「大岡殿は、どのような策がおありであったのか」

「大岡様は、丸亀藩上屋敷に設置した金刀比羅宮別院に放たれた火矢について、以前から丹念にお調べでございましたが、藩邸内に残る種火となった松明のかすから、それが四国讃岐産の雑賀屋が製造したものであることを突き止めました。よもや自藩に火を放つ者がおるはずもなく、高松藩が投げ込んだものであることは明白。その事実を北町奉行所に突き付けたものと思われます」

「ならばなぜ、その証拠を幕府に届けぬ」

「決定的な証拠というわけでもなく、躊躇されたのではございますまいか。北町奉行所には老中本多忠良様が付いており、それらを相手にすることは、さすがに荷が重いと感じられたのかもしれません」

「そうであろう」

「しかし、柳生様の申し出もあり、意を決せられたのだと思います」

「よくやられたな」

「はい。追って、北町奉行所の与力が捕らえられた彦三郎を連れて、こちらにやってまいりましょう」

「そうか、それはありがたい」

「大岡様は、殿と久しぶりに囲碁を囲みたいと申しておりました」

「いや、私は将棋だ。囲碁はまるで弱い」

そう言うと、茶を持参し、そのまま笠原の話を聞いていた伊茶が、

「まことに俊平さまは、囲碁はお弱い。私にもまるで歯が立たぬほどでございます」

と言って、笠原を笑わせるのであった。

第五章　江戸の水軍

一

「まことに困ったことにあい成った」

将軍徳川吉宗は、白扇でぽんぽんと肩をたたいて、将棋盤をながめて考え込む俊平を見つめた。

「はて、お困り事とは……。待ったはいけませぬぞ」

俊平が、笑って小声で言う。

「これ。余がそのような姑息(こそく)な注文をつけると思うておるのか」

吉宗が、真顔になって俊平を見返した。

「あ、これは失礼いたしました」

俊平は吉宗が本気で怒ったとみて、居ずまいを正し、笑って頭を下げた。

「あ、いや済まぬ。そちに当たることではない」

吉宗は、はたと気づいたように俊平に謝った。

「はて、いかがなさりました」

俊平は、あらためて吉宗を真顔で見返した。

「他ならぬ高松藩のことじゃ」

「高松藩でございまするか」

俊平が怪訝そうに吉宗を見返した。

「無理難題を申してきておる」

「と、申されますと」

「江戸湾の警備が、向井水軍では心許なかろうゆえ、役目を代わると申すのじゃ」

「はて、それは」

苦笑いして、俊平は吉宗を見返した。

「それにしても、なんともはや大胆な申し状にございまするな」

「まことよ。水戸殿を立てての申し出での。いちおう、耳を貸さぬわけにはいかなかった」

吉宗は、苦々しげにそう言って口を結んだ。

「それは、お困りでございますな」

「うむ。たしかに今の向井水軍は不甲斐ない」

吉宗はきっぱりと言った。

「しかし、それは彼らの責ではなく、天下泰平ゆえでございましょう。将軍家の御座船の船頭や水軍の訓練くらいしか、することがありますまい」

俊平は向井水軍の置かれた状況を想像して言った。

「異国船が攻め寄せてくるわけでもないしの。だが、あの者らに言わせれば、高松藩の水軍なら、もそっと上手く船を操ってみせるという」

「さようでござりまするか。大変な自信でござります。して、上様はどうお返事なされました」

「やんわりと断ろうとしたが、なかなか引き下がらぬ。されば、せめて江戸湾にて演習をやるので見てほしいと」

「されど、船はどうするのです。瀬戸内から引いて来るわけにもいきますまい」

「向井水軍の船を貸してほしいと申す」

「なんとも、大胆不敵な」

俊平は呆れはて、吉宗の前で顔を歪めてみせた。

吉宗は笑っている。

「老中どもを抱き込んでおるようだ。段取りはできているらしい。まあ、そこまで言うのならやってみよと、余もやむなく言わざるをえなかった」

「はてさて」

「そちは、反対のようじゃの」

吉宗はうかがうように俊平を見つめた。

「いえ、反対とは申しませぬ。江戸湾はお城に近く、警備はきわめて重要。有効なものであれば、ゆだねてみねばなりますまいが、あの者ら、きわめて粗暴にござります。操船の腕はそこそことしても、江戸湾にはひどい荒い波風が立ちましょうな」

「そうであろうな」

吉宗は、苦笑して将棋盤に目をもどした。

「ところで上様、丸亀藩のことでございますが」

俊平はうかがうように言って、吉宗を見た。

「なんじゃ」

「はい。近頃かの藩、なにかと世間を騒がせております る。塩飽の衆が賊となって江戸を荒らしまわっておるとも」

「悪い噂が立っておるようじゃの」

吉宗は淡々と受け流した。

「しかしながら、けっしてそれは事実ではござりませぬ」

「そうであろうな。余も疑っていた。で、実際のところは、どうなっておるのじゃ」

吉宗はにやりと笑って身を乗り出し、俊平に問いかけた。

「それがし、数日前のこと、寺社奉行大岡忠相殿の手をお借りして、塩飽の者どもの嫌疑を晴らしましてございます」

「ほう、忠相とそちでか」

「はい。この件、忠相殿にご説明いただいたほうが早いかと存じます。ここにお呼び出してはいただけませんしょうか」

「うむ、相談ができておるのじゃな。されば、話を聞こう。いつにいたす」

「されば、ただ今」

「ふむ」

吉宗は小姓に命じ、大岡忠相にすぐ来るよう申し付けると、

「塩飽衆は、それほどまでに、高松藩から迷惑を被っておるのか」

と、重い吐息とともに俊平を見返した。

俊平は、町の悪党どもの輝姫への邪魔立てから、丸亀藩の小火騒ぎ、廻船問屋への付け火まで、概略を吉宗に伝えた。

「大岡様が、お見えにございます」

小姓が忠相を従え、部屋にもどってくる。

大岡は小さく俊平に笑いかけ、吉宗に平伏した。

「おお、忠相。投獄した塩飽衆の嫌疑を解き、放免してやったそうじゃな。でかしたぞ」

吉宗は、忠相を褒め称えた。すると、

「松平頼桓殿も若気の至りとは申せ、いささか行き過ぎたところがござりました」

忠相が丁重な口ぶりで、若い藩主を批判した。

「そうか。徳川一門とはいえ、無茶は正さねばならぬ。まして付け火は重罪。されど、小火程度で収まったのは幸いじゃ。厳しく注意するよう、評定所の者に申し伝えよ」

吉宗は、そう言ってから、

「しかし、そちの威光、寺社奉行になった今も衰えておらぬな」

前のめりになって、忠相に笑いかける。

「なに、もはや私には力などあまり残っておりませぬ。昔の威光というものでございましょう」

忠相は、吉宗を見返し苦笑いを浮かべた。

「北町奉行は、幕閣との誼が強すぎるように見える。取り替えねばならぬかの」

「まあ、よろしゅうございましょう。こたび上様が厳しいところをお見せになれば、襟を正しましょう。仕事は、なかなかに出来る男にございます」

「それなら、よいが――」

「忠相、これからも引きこもることなく、余にあれこれ知恵を貸してくれよ」

「忠相の想い、いつも上様のお側にござります。上様、数日後の江戸湾の水軍演習、楽しみにしておりますぞ」

忠相が言えば、俊平も笑う。

吉宗が二人を見くらべて吐息した。

「重い荷物じゃの」

「忠相と俊平は余の目と耳。これからもよろしく頼むぞ」

そう言えば、二人も神妙な面持ちで平伏するのであった。

二

「あれに見えまするのが房総の山々。こちらの小島が佃島にござりまする」

老中が白扇を伸ばし、腰をぐるりと海原の向こうに向けて、青くかすむ陸地部分を指した。

将軍吉宗は立ち上がり、額に手を当ててその方角を眺めた。

徳川将軍家の御世となってさしたる外敵もなくなり、大型軍船の保有も禁止されたことで、中型軍船である関船が華麗に飾り立てられ、海の御座船として使用されることになった。

その日将軍吉宗が、江戸湾で高松藩の演習を見物するため、乗り込むこととなった御座船も同様の関船である。

将軍家の御座船は関船「天地丸」と名付けられ、船倉を屋形とし、その上に櫓を乗せている。

小さな船ではあるが、壮麗に飾り立てられ、見た目にもじつに華やかであった。

「やはり海はよいな。心も広くおおらかになる」

「されば、これよりたびたびお出ましくださりませ。向井水軍がご案内差し上げましょう」

向井将監が、吉宗の隣でゆったりとした笑みを浮かべる。

「それはよいが、向井水軍は近頃あまり海に出ておらぬようだの」

将軍吉宗はふと真顔になって、向井将監を冷やかした。

この日、向井水軍に対抗する高松水軍が江戸湾に集結し、得意の操船技術で、統制のとれた船隊捌きを見せるという。

向井将監としても、うかうかとしている場合ではないのだが、その素振りを見せず、鷹揚に構えていたところを吉宗に皮肉られた格好になった。

将監は、気まずい顔をして面を伏せた。

「とまれ本日は、高松藩の水軍が、日頃の調練の成果を披露すると言う。とくと見せてもらうといたそう」

吉宗はまた清々しい眼差しで、眼下に広がる水軍の陣容を見まわして言った。

五百石規模の大型軍船三隻を中心に、十数隻の関船が、見事な隊列を組んで現れ、吉宗の乗った御座船の眼前で見事に並んだ。

一糸乱れぬ隊列で船団が旋回し、反転し、突き進む様は、見事である。

床几に座す幕閣らも、さすがに唸り声を上げた。

用意した弁当が支給される。

酒も出て、吉宗はご満悦である。

「松平はおるか」

吉宗が、身を傾けて高松藩主の松平頼桓を呼んだ。

「これに――」

若い藩主がするすると吉宗に近づいて、一礼する。

「さすがに訓練の賜物じゃ。見事なものよ」

「ありがたきお言葉。これにすぐる誉れはござりませぬ」

「陣形を説明いたせ」

「されば、基本型は短縦陣、旗艦を先頭に属艦がつづきます。他に梯形陣、輪形陣などがございます。つぎにお見せいたします」

「どこで憶えた」

「水軍の操練技術は日々の演習の賜物。我ら一同、瀬戸内の荒海にて鍛錬を重ねてまいりました」

「うむ、見事じゃ。そうであろう、向井。水軍は、たゆまぬ操練が大切とのことじや」

吉宗はそう言って、かしこまる向井将監を見た。

「そのこと、我らも肝に銘じております」

将監が固い表情で応じた。

「そうであろう」

「上様——」

柳生俊平が、背後から声をかけた。

「なんじゃ、俊平」

「将監殿の水軍もこのところ、日々鍛錬怠りなく、見ちがえるほどの操船技術を習得したと聞いておりますぞ」

「それはまことか、将監」

吉宗が、意外そうに将監にふりかえった。

「いささか——」

将監が遠慮がちに言った。

「されば、それをいずれ見せてもらおう」

さして期待するようすもなく、吉宗が言う。

「あいや、上様。これより後、お見せすることもできまする」

思い切った口調で俊平が言った。

「まことか」

「はい、これより」

吉宗の周囲の幕閣が、意外そうに向井を見返した。

吉宗がもういちど言えば、将監の背後の与力がおもむろに船側に立ち、御座船の周辺にある関船に合図を送る。

「面白そうじゃ。なれば、ぜひ見たいものだ」

左手前の船手奉行所から、高松水軍とほぼ同数の軍船がゆっくりと現れ、将軍御座船の前方へ展開してゆく。

「されば、つぎは向井水軍じゃ。みなの者、見よ」

吉宗の言葉に呼応して、これまで展開していた高松藩の軍船が、追われるように退き下がっていった。

「あれは、たしかに向井水軍の軍船なのじゃな」

将軍吉宗が将監に訊ねた。

「さようにございます」

「これまで見たこともないような機敏な動きよな」

いささかの皮肉を込めて、吉宗が言った。

「お褒めのお言葉、いたみ入りまする」

「だが、なぜこのように変わったのじゃ」

吉宗が、あらためて不思議そうに将監に訊ねた。

「いささか、人員を補充いたしましてございます」

「ふむ、人員か。どのような者らじゃ」

「塩飽の者を加えましてございます」

「おお、塩飽か」

吉宗はいきなりすっと立ち上がり、船先に立って身を乗り出し、船団をうかがった。

展開する向井水軍は、大型の軍船を中心として、等間隔に見事な隊列を組んでいる。

関船がそれを取り囲み、集結したり、四散したり、またくるりと旋回したりするさまが、さながら絵のようである。

あたかも水上に咲き誇る花びらのように、まばゆい光景であった。

「逐次回頭、旗艦につづき順次回頭いたします。一斉回頭、こちらは、各艦がいっせいに回頭いたします。またさまざまな陣形変化をご覧に入れます。単縦陣から梯形陣への変換、つぎに単横陣から単縦陣への変段でございます」

「いやいや、一糸乱れぬ様はじつに見事なものじゃ。余はこれほど巧みな操船の技を、見たことがないぞ」

吉宗が感嘆の声を上げた。

「上様、これが塩飽衆でございます。神君家康公が朱印状をお与えになった瀬戸内の水軍でございます」

吉宗の横で俊平が言った。

「それならよう知っておるわ。だが、廻船の仕事から離れたと聞いていたが」

「たしかに多くはすでに瀬戸内を離れており、造船技術を生かして船大工や宮大工などをしておりましたが、こたび向井水軍に迎えられ、その秘技をふんだんに披露した次第」

「うむ、それは殊勝な心がけよ。同じ水軍同士じゃ、互いによう学ぶがよいぞ」

「瀬戸内の海を知り尽くした塩飽衆の技、学ぶことは正直多々ござります」

向井将監が、悪びれずに応えた。

「それでよい」

吉宗は俊平を見返し微笑んだ。

高松藩主松平頼桓が、悔しそうにうつむいている。

「しかしながら上様。幕府の財政厳しき折、新たな水夫を雇い入れるのは、問題ござりませぬか」

老中本多忠良が厳しい口調で吉宗に問いかけた。

老中首座の松平乗邑(まつだいらのりさと)も大きく頷く。

「お言葉ながら、新なる出費は一切ございませぬ」

向井将監が、二人に向かってゆっくりと言った。

「なんと申す。されば、塩飽の者どもは無償で奉仕すると申すのか」

吉宗が問えば、あちこちから驚きの声が轟いた。

「はい、みな無償であっても力を貸すと意気込んでおります」

将監が、吉宗の前に進み出て言った。

「それは上々。だがそれでは、塩飽の者らの生活が成り立つまい。将監、幕府より追加の金は用意させよう。大切な江戸の護りのためだ」

そう吉宗が言うと、高松藩主松平頼桓は吉宗を見つめ、また無念そうに押し黙った。

三

「これは、賑やかな宴となったな」

柳生俊平は、料理茶屋〈蓬萊屋〉の二階の大広間を、ぐるりと見渡して思わず声を上げた。

三十名近い男女が、広間いっぱいに広がり、賑やかに談笑している。大きな集まりが三つ、塩飽衆の一団と団十郎一座の面々、それに浮世絵の版元春秋屋が連れてきた彫師、刷師の面々である。

版元春秋屋が連れてきた男たちは、輝姫の描いた絵をもとに、板を彫り、刷り上げる職人たちで、この男たちがいなければ、浮世絵は一枚の作品として仕上がらない。

——ささやかな祝いの席を、ご用意いたしました。柳生様にはぜひともおいでいただきたく存じます。

そんな丸亀藩京極家からの書状を受け、ふらり列席してみれば、この賑やかさである、大広間に溢れんばかりの賓客が集まっている。

俊平は惣右衛門とともに、春秋屋の一団に近づいていった。

「あっこれは、柳生様」

販元の春秋喜兵衛が丁寧に挨拶した。

「こたびは、賑やかな宴となったな。こちらの面々の顔ぶれをみれば、浮世絵のできるまでの流れがよくわかる」

「さすが、柳生さま。芸事に造詣が深く、お芝居の世界にも多大な貢献をなされておられるとうかがっております」

春秋屋はにこやかな笑顔で俊平を喜ばせる。

「なに、下手の横好きでな。なんにでも首をつっ込んで、ものにならぬ。春秋屋の工房もいちど訪ねてみたいものだ」

笑って職人たちを見まわせば、

「いつでもお訪ねくださりませ。ごった返しておりますが、みなで歓迎させていただきます」

「それは、ありがたい。それはそうと、輝姫にはいつまでも描いてもらいたいが。そうもいくまいかの」

上座で客の応対をする輝姫を見返して言った。

「そのこと、ぜひ柳生様からもおやめにならぬよう説得していただきとうございます」

職人たちを見まわして喜兵衛が言えば、静かに一人飲む彫師、刷師が、みな頷きあった。

「だが、姫ははっきりした人だ。こうと決めたら、なかなか動きますまいが」

残念そうに喜兵衛は言ってから、

「これからは、鶴次郎さんに頑張ってもらうしかありませんか」

鶴次郎の顔をうかがいみた。

「大丈夫。鶴次郎さんは、日に日に腕を上げてますよ」

俊平に近づいてきた吉野が言う。

「ほう、そなたにはおわかりか」

喜兵衛が吉野に訊ねた。

「そりゃあ、わかりますよ。絵に力強さが出てきましたし、作風がしだいに輝姫さまに似てきました」

「そうか」

喜しそうに鶴次郎を見返せば、鶴次郎が気づいて顔をこちらに向けた。

「のう、鶴次郎。そなた、上手くなったそうだな」

俊平が言えば、鶴次郎は微笑んで、

「姫さまから、描くコツを丁寧に教えていただいております」

と言った。

「それは良いな。だが、己の作風も大切にな」

俊平が、助言した。

塩飽衆若頭（わかがしら）の勇蔵と並んだ上座の輝姫が笑ってちらと見ている。

「柳生さま、こちらに。お大名さまがそのようなところにおられてはいけませぬ」

勇蔵が声をかけてきた。

「なんの、私はこうしてみなと一緒におればよい」

「こうしてみると、立派な花嫁じゃな」

団十郎がすっかり感心して声を上げた。

「じつに堂々と、来客に丁寧に挨拶をした」

「いやあ、さすが海賊の姫でございます。物怖じするところがまるでない」

惣右衛門も頷いた。

「海賊の姫か」

俊平があらためて姫を見返した。

「姫は、塩飽衆のものに育てられたそうですな」

惣右衛門が塩飽衆に問いかけた。

「さよう。母も塩飽の女と聞いております」

「塩飽衆は、太閤殿下にも神君家康公にも苗字帯刀を赦された自由なる海の民です。思ったことは、なんでもしてしまう。簡単に物事の境目を飛び越えてしまうのです」

ちょっと誇らしげに仙吉が言う。

「今は、宮大工をする者も多いとか」

「はい。五重塔でも作ってしまうのですよ」

「それは、恐れ入りますな。こたびは、江戸の向井水軍に引き抜かれた者もあるとか」

惣右衛門が仙吉に訊ねた。

「向井水軍も、戦国の世には小田原(おだわら)の北条(ほうじょう)水軍を圧倒した歴史の持ち主ながら、今は江戸湾の入り口を守るだけ。これでは、その卓越した操船技術も廃(すた)れてしまう。塩飽衆の技術で復活してもらいたいものだ」

俊平が言った。

「私も、それを望んでおります。いや、きっと上様も同じ思いでしょう」

「まことでございますか」

丸亀藩主の京極高矩が目を輝かせ、俊平の顔をのぞき込んだ。

「あくまで私の憶測にすぎませぬが」

「そうであれば、この上なき誉れ」

「それはそうと高矩殿、高松藩の動きはその後いかがです。相変わらずですか」

「はい、残念ながら相変わらずです。わが藩邸から出火が絶えません。いや、あちこちの廻船問屋に火を放ち、塩飽衆の仕業と騒ぎ立てております」

「付け火となれば、幕府火盗改も黙ってはおらぬはずだが、まだ捕まらぬのですか」

「そこはじつに巧みにて、馬や船で現れ、火矢を放つや早々に去っていくのです。とても火盗改では間に合いません」

苦笑いして、高矩は頷いていた。

「なんとも、許しがたい奴らですな」

「海賊は、必ず仲間がいるはず」

高矩の言葉に俊平は、海賊大名久留島光通を思い返した。

宴会も進み、一行と団十郎一座の辺りが賑やかになる。

鳴り物がなって、金比羅船船と踊りが始まった。

驚いたことに、高矩が立ち上がり、みなに混じって踊りだす。

「こいつは面白い」

俊平も一緒に踊りだした。

塩飽衆の賑やかな隠し芸もあって、宴も佳境に入った頃、茶屋の女が俊平に近づき、耳打ちした。

面会を求める者があるという。

弟の新十郎が、そこまで来ているらしい。

外に出てみると、まだ夜も五つになったばかり。人の賑いはとぎれず〈蓬萊屋〉の大きな看板の脇に新十郎が立っていた。

「兄者か」

「おお、よう出て来てくれたな」

「謝りにきた。この間はすまぬことをした」

「兄弟同士で刃を交えるなど、尋常ではないぞ」

俊平は、笑いながら新十郎の肩をたたいた。

「盛大な酒盛りで、お楽しみのところ済まぬな」

「なに、そんなことはよい。それより、あの連中とは手切れが進んでおるのか」

「まあな」

新十郎が苦笑いする。

俊平は、月明かりの下に立つ弟、やさぐれた風情の新十郎をもういちど見た。

「ちと。疲れておるようだの」

「そうか。こんな暮らしぶりだからな」

「歩かぬか」

新十郎が言う。

「よかろう」

「ここは、騒がしすぎる」

深川の込み入った路地を抜け、北に向かう。

横川の掘割沿いを、二人並んで本所方面に向かった。

ようやく人通りが途絶えて、人家が闇に沈んでいる。

「そなた、なぜ高松藩と縁ができたのだ」

「久留島殿の縁でな。手を貸してくれと言われた」

「高松藩は執拗だ。なぜ塩飽衆をあのように追い詰める」

「奴らは、悪辣な海賊の末裔だ。高松藩の漁場をたびたび侵すらしい」

「そなた、まことにそう思うか。私はそうは思わぬぞ。それに、輝姫は別の道を歩んでいる。かかわりがないはずだ」

新十郎は黙っている。

「まあいい、剣で争うのだけはもうやめよう」

「まあな」

「話はなんであろうな。まあ、ほかならぬそなたと私だ。話などなくてもよいが」

「あ、いや」

「いくらでも話はしたいが、連れがいては、ちと落ち着かぬな」

俊平は暗闇に蠢く人影を探った。

俊平は闇夜に新十郎を見返した。

新十郎はなにも言わない。

気配の主は、川沿いの柳に身を隠しながら、こちらを見ている。

「そなたの友人か」

「そうだ。久留島殿だ」

「なぜ、久留島が付いてくる」

「知らぬ。面白がっておるのだろう」

新十郎は闇に向かって言い放った。

「そうだ」

柳の木陰からぬっと現れたのは、まぎれもない久留島光通である。

「水軍調練では、塩飽衆の力量を見せてもらった。さすが、戦国の世には同じ瀬戸内水軍として我らとともに暴れまわっていた者たちだ。まずは喜ばしい」

久留島光通が俊平に言った。

「そなた、なぜ我ら兄弟の話を邪魔せぬようにじっとしていた」

「いや、兄弟同士の話など聞きとうないからだ。新十郎がせぬと誓ったのだが」

「まことか、新十郎」

「まあな」

「久留島の話など聞くな、新十郎」

「兄者と我らは、たびたび道場で試合をしたな」

ややあって新十郎が言った。

「そうであったな」

「私のほうが兄者に勝つことが多かった――」

「ああ、そなたは、たしかに強かった」

「だが、兄者は今や江戸柳生の総帥、将軍家剣術指南役である」

「なに、教えるほどの力量はあるとも思えぬのだが、いたしかたない」

俊平は笑った。

「そのようなことはあるまい。兄者の力量は見せてもらった。私は今でも剣術は好きでな。稽古を絶やしたことはない」

新十郎が言った。

「そうか。それはよい」

「おれは、生きていても詮無い身だが、剣術だけは人様に負けまいと、日々研鑽を積んできた。それがおれの生き方だ」

居直ったような口調で新十郎が言った。

「ならば、道場に訪ねて来い。いつでも竹刀を交えよう」

笑顔を交えて俊平が言う。

「竹刀の勝負で勝ち負けを競ったところで、まことの強さはわからぬ」

新十郎が吐き捨てるように言った。

「なにを申す。たしかに真剣と竹刀の勝負はちがうものだ。だが、兄弟同士が真剣で競うてどうする」

「兄者は、剣の達人であろう。危ないことなどあるまい」

新十郎が冷やかすように笑った。

「やはりこれは定め。斬り合うよりない」

新十郎は思いさだめたように抜刀し、剣をきらめかせて上段に撥ね上げて、詰め寄ってくる。

「やめよ、新十郎っ！」

「勝負だ、勝負だ。遠慮するな、柳生」

久留島光通が囃（はや）す。

じりじりと両者の間合いが詰まっていく。

「やめよ、新十郎！」

俊平は、ずるずると後退った。

「抜け、兄者」

そう言いかけた時には、新十郎はもう一気に間境いを越え斬りかかってくる。

数合合わせて、互いに跳び退いた。

新十郎の腕は、刀を交えてみると、さらに一段と上がったようにさえ思えた。

「柳生の剣ばかりではないようであるな」

「おれは柳生の剣に拘らぬ。他流の良いところは、取り入れる」

さらに、突っかけてくる。

俊平は一転二転、さらに三転して退いた。

「兄者も、腕を上げてきたの」

そう言いながら、さらに撃ち込んでくる。

剣の動きが素早い。さして膂力(りょりょく)のある男ではないはずだが、剣を軽々と操るのは修行の賜物であろう。

俊平は新十郎の意外な逞しさに驚き、素直に喜んだ。

「もういい、お前の強さはよくわかった。やめよ」

「いいや、おれはやめぬ。おれの心のうさと諸々の恨みが消えぬ限りはな」

「恨みか。それは、私のせいではないであろう」

「おれは、おれの不運を呪うだけだ。そして強い者を斬る」

「やめよ、お前は己のすべてを台無しにするぞ」

「なに、これでよいのだ。けっこう楽しい」

新十郎は、ふたたび間合いを詰めてきた。

と、小名木川を、ゆっくりこちらに向かってやってくる屋根船が二艘あった。
人影が蠢いている。
新十郎はそちらに目を向け、小首をかしげた。
「面白いぞ、柳生、挟み撃ちだ」
久留島光通が言った。
「船に乗っているお方を見るがいい」
俊平は、はっと驚いた。
一艘の船の舳先に立つ者は少年、もう一艘もいたく若い。
乗っているのは、水戸藩主の徳川宗翰と高松藩主の松平頼桓であった。
闇討ちのつもりらしい。
得物は矢である。
供の藩士がみな弓を構えている。
だがこの夜陰の淵から見れば、誰が誰を射ようとしているのかわかろうはずもない。
舳先に立った藩士が、それでもきりきりと照準を絞っている。
陸の蠢く黒い影を狙うらしい。
「矢を全身に浴びて死ね、柳生ッ！」

久留島光通が叫んだ。

船上の射手が、さらに矢を引き絞っている。

「新十郎、逃げよ！」

俊平が叫んだ。

「大丈夫、私には当たらない」

新十郎が笑った。

「矢の名手ばかりではあるまい。危ない。逃げよ」

なおも、俊平が新十郎に向かって叫んだ。

ひゅるひゅると虚空を唸って、船から無数の矢が俊平に向かって放たれた。

俊平は一瞬地に伏せている。

新十郎の姿がぐらりと揺れた。

多数の矢が、新十郎の背に突き刺さっていた。

「新十郎！」

俊平が駆け寄っていった。

新十郎は動かない。

すでに息が絶えているようであった。

「こ奴らめ」

俊平は柳の木陰に潜む久留島光通に駆けて行った。

その勢いに、久留島がたまらず土手を駆け下り、川に飛び込んだ。

ふたたび俊平は新十郎を抱き上げ、目を閉ざした。

新十郎が哀れであった。

怒りが込み上げ、唇がわなわなと震えた。

徳川宗翰、松平頼桓、この二人だけは許せなかった。

——必ずこの刀で仕留めてやる。

そう俊平は心に誓った。

二艘の屋根船は、久留島光通を拾い上げ、大川に向かって東に流れ去ろうとしていた。

四

俊平は、しばらくの間寡黙であった。

連日のように新十郎の墓に詣で、無念の思いを一人噛みしめていた。

そんな俊平がようやく気を取り直し、町の賑いのなかに姿を現したのは、十日も経ってからのことであった。

境町の芝居通りを歩けば、あい変らずの賑わいである。

俊平がふらりと入った〈大見得〉には先客があった。

〈を組〉の頭取辰次郎である。

七分の刺子の火消し半纏を着けた初老の火消しと飲んでいる。

「おや、こちらは」

「あ、先生。うちの火消しで長次郎と申します。今は、若いもんの指導に当たってくれてまさあ」

「よろしく頼むよ」

俊平は、長次郎の肩を取って言った。

「へい」

と応じながら、長次郎は俊平が何者かわからず、きょとんとしてようすを見ていたが、

「こちらは、このように気さくなごようすだが、じつはお大名だぞ」

辰次郎が言えば、まさかといった表情で俊平を見返し、

「これは」

と、凍りついたように大人しくなってしまった。

「おいおい、辰次郎さん。そんなお堅い紹介をするもんだから、長次郎さん、驚いて顔が固まってしまってるよ」

俊平が困ったように長次郎を見返して言った。

「柳生様――」

壁際の席の向こうから呼びかける者がいる。こちらは、もうだいぶ酒が入っているのか顔が紅い。

塩飽衆であった。

勇蔵、仙吉に混じって、初めて見る顔もある。

大きな道具箱を脇に置いて飲んでいるのだが、見れば、腰に脇差しをたばさんでいる男たちであった。

「言っただろう、長次郎さん。みな私を格別大名などとは見ていない。私もそれでいいのさ」

「へい、じゃあ、そうさせていただきます」

長次郎は、ようやく俊平とのつきあい方がわかったのか、納得して頷いた。

「おまえたち、だいぶ明るくなったな」

辰次郎頭取が、塩飽の男たちを見て言った。

「柳生様、塩飽衆を悪く言う瓦版は、もうなくなりました。そうだったな、長次郎」

「へい、まったくもう見かけません」

長次郎が言う。

「それに、廻船問屋からの出火も途絶えておりますさあ」

「そうかい。それはよかった」

「でも、塩飽衆への攻撃がぴたりとやんだのは、どうしてなんで」

辰次郎が俊平に訊ねた。

「私にも、よくわからないんだがね。御座船での上様のお言葉から、高松藩の連中もいろいろ推察したんだろう。これは塩飽衆に逆らっても損だとね」

「そう、申されますと」

「塩飽衆が指導した向井水軍の陣形が、じつに見事だとお褒めになられていた」

「それほど見事な陣形だったので」

「ああ、剣術とはもちろんちがうが、あれは無敵の陣形だ」

「そいつは、ぜひ見てみたかった」

「いや、見事なものだったよ。織田、豊臣、徳川と三代に仕えたんだからな」

そう言って俊平が塩飽衆を見まわすと、男たちは屈託なく笑っている。

「なるほど、それじゃあ、ぽっと出の高松水軍なんぞ、出る幕はありませんや」

「塩飽衆は大したものだったのだよ。世の中が変わって塩飽衆も辛い一時期があった。それで諸国を巡る廻船業となったわけだが、また時代は移った。塩飽衆の独占する廻船業が、独占を解かれたのだ。だが私の見るところ、あれだけの技の持ち主だ、塩飽衆の活躍の舞台は、きっとまだ用意されると思うよ」

「そうでしょう。職人は強い。あっしら、町火消しだって、形ばかりの大名火消しなんぞに負けられません」

辰次郎頭取が、そう言って胸を張った。

「はは、そうであったな」

壁際で飲む塩飽の男衆がこちらに顔を向けている。

「おおい、こちらに来ぬか。ともに飲もう」

俊平が声をかければ、

「いいんですかい」

輝姫を妻にした勇蔵が大声で応じた。

塩飽の男たちも、どかどかとこちらに移ってきて、俊平らの席がひどくせまくなった。

「お席を広げましょう」

と女将も出て来て席を広げる。

店先が賑やかになって、いきなり縄暖簾の向こうから団十郎の顔がのぞいた。

「いやあ、賑やかなもんだ」

大御所も、塩飽衆を見まわして頷く。

「大御所、こちらが塩飽衆だ。瀬戸内の海の覇者だ」

俊平が男たちを大御所に紹介すれば、

「それは逞しい。あやかろうぜ」

と太い声で応じた。

「お近づきの印に、奢らせてもらうぜ」

大御所がそう言って、女将に鯛のお頭(かしら)付きを用意させる。

「さすがだね。大御所、お頭付きかい」

俊平が、驚いて大御所を見返した。

「ごちそうになります」

勇蔵が大御所に礼を言う。

「あんた方の噂をしていたところだ。高松藩の嫌がらせがやんだそうだね」

〈を組〉の頭取辰次郎が勇蔵に声をかけた。

「へい。ぴたりとやみましてございます」

「ひところは、宮大工の仕事までとだえて、どうしようかと思っておりました」

仙吉が正直に言った。

「なに、宮大工の仕事まで？」

俊平も驚いて男たちを見まわした。

「あれだけ瓦版に書き立てられますとね。江戸じゅうに誤った塩飽の悪評が知れ渡りました」

勇蔵が笑って言った。

「まことに、酷いことをしたものだな」

話し込んでいるうちに、鯛のお頭付きが続々と運ばれてくる。

店の者が、総出の賑やかさである。

「そう言えば、鯛は瀬戸内が本場だね」

俊平が塩飽衆を見まわして言った。

「そりゃあ、まあ」

勇蔵が言って、仲間と目を見合わせた。

「この鯛は、どちらで」

「さて、まさか里から運んでくるはずもない。江戸の近くでも鯛は釣れるのだろう」

俊平が勇蔵に言う。

「塩飽衆、あちらでは、焼いたばかりの鯛を酒に浸して食うと聞いたことがあるが」

団十郎が勇蔵に訊ねた。

「はい。酒に浸せば鯛の旨味が染み出して絶品でございます」

「よしきた、それをやってみよう」

団十郎が身を乗り出せば、

「それじゃあ」

塩飽の男たちも、目を輝かせる。

「女将さん、大きな昆布と長葱、できれば三ッ葉があるといい。醤油はここにありますんで」

「わかりましたよ。用意してきます」

淵の深い大きな皿が用意され、昆布を下に敷いて鯛を乗せ、葱や三ッ葉を乗せ酒が注がれる。剛毅な料理である。

「こいつは、たまらねえな」

団十郎が言う。

「あっしたちも、ありつけるんで」

玉十郎が団十郎にねだるように言う。

「そうだったな。おめえたちもいたんだな」

玉十郎と達吉を見返して、団十郎が唸った。

「いたんだな、は、ねえでしょう。大御所」

玉十郎が、ひがんだ眼差しで団十郎を見返した。

「まあ、流儀は多少ちがいますが、いいでしょう」

勇蔵が言って料理を引き寄せる。

「まずは、大御所から」

俊平が、大御所を引き立てて言った。

「ああ、旨え」

大御所が、そう言ったきり唸り声を上げた。

「ようし」

みなが鯛に食らいつく。

「旨えな」

「ああ、旨え」

「それに、お頭付きだ。食べでがあらあ」

玉十郎、達吉、町火消しの長次郎など、無言で食らいついている。

「酒も飲んでみてくだせえ。鯛の旨味が滲（にじ）み出して、なんとも言えないまろやかな味でございます」

俊平も、大皿を抱え込み、豪快に酒を飲み干す。

「絶品だな――」

「あんたたち、塩飽の衆はこんな旨いものを飲み食いして生きてきたのかい」

大御所が、妙な言い方をして塩飽衆に絡んで、みなを笑わせた。

「私たちは、たしかにこれから先も楽じゃない。でも、幸せに生きてきた。これからも、きっと幸運が巡ってくると信じていますよ」

若頭の勇蔵が、胸を叩いて言った。

「おお、いい匂いがしているな」

俊平は背後で聞き慣れた男の声を耳にした。

ふりかえってみれば、やはり寺社奉行の大岡忠相であった。

「大岡殿。なんでこのようなところに」

「柳生殿、私がこういう場所に出没しては奇異かの」

くだけた調子で、忠相が言った。

「いや、そのようなことは」

「じつは、柳生殿を藩邸に訪ねたところ、中村座に行かれたはずという。そこで一座を訪ねてみたところ、お帰りになったというではないか。これは困ったと通りに出て、この店のなかをのぞくと、やはり柳生殿がおられた」

「それは、よろしうござった。しかし、それにしても大岡殿がお一人で町を彷徨うとは」

「おかしいかの。寺社奉行になってから、じつは暇での。無聊をかこつ身となってからというもの、どうして時を過ごそうかと思いあぐね、柳生殿を真似ることを思いついた。町に出て、大いに遊ぶことに決めたのだよ」

「それは、大層なご決断」

俊平が笑った。

「そう思えば、なにやら人生が愉しいものに思えてきた」

「それはよろしうございました」

「これより、せいぜい芝居も楽しませてもらう。団十郎殿、よしなに頼む」

「ええ、そりゃあ、まあ」

話を聞いていた団十郎が渋い顔で応じた。

大岡忠相は南町奉行当時は芝居に厳しく、いろいろ制限を加えて団十郎を苦しめていた。その大岡がそう言うだけに団十郎も複雑な思いである。

だが、そんな思いなどおかまいなしに、忠相は塩飽衆の開けてくれた席にどかりと座り込んだ。大御所は、しかたねえ奴だ、とばかり大岡を見返した。

「大岡殿。先日は塩飽衆の一件でお助けいただいた、お世話になりましたな」

俊平が、そう言って笑いながらちろりの酒を傾ければ、

「なんの、なんの。それにしても、高松藩の横暴には手がつけられませぬな」

しみじみとそう言って、大岡は塩飽衆を見返し笑った。

「だが、こたび上様のご処分は、なかなか筋の通ったもの。塩飽衆もこれでご不満はあるまい」

「じゅうぶんです」

塩飽衆の面々が応じる。

「はて、私はまだ寡聞にして正確なところを聞いておらぬのだが」

俊平が、忠相に問いかけた。

「高松藩主松平頼桓は、しばらくの間謹慎、北町奉行稲生正武も厳重注意とあいなった。さらに水戸藩主徳川宗翰殿が呼び出され、口頭注意を受けたという」

「なかなかのものよな」

俊平は、塩飽衆の男たちと顔を見合わせ、頷きあった。

「だが、それで高松藩はおとなしくなろうか」

塩飽衆の勇蔵が、不安げに言った。

「なに、上様は今や四国諸藩の事情はよくご存知だ。高松藩が勝手なことをすれば、つぎはご容赦にはなるまい」

きっぱりとした口調で忠相が言った。

「ところで、みなの食べているものは、ずいぶん旨そうだの。私も、ぜひいただきたいものだ」

「はいはい、大岡様――」

女将が急ぎ板場に消えた。鯛の酒蒸しの用意を始める。

「ところで勇蔵殿。その後輝姫はいかがされておられるな」

俊平が話を新妻を迎えた勇蔵に向けた。

「あ、いや……」

勇蔵は、もうにやけている。

「絵を愉しんでおります」

と言った。

「浮世絵ではないのか」

〈を組〉の頭取辰次郎が訊ねた。

「いいえ。海を描いております」

「へえ、瀬戸内の海を思い出したんだろうねえ」

火消しの長次郎が言う。

「でも、描いているのは江戸の海です」

「なるほどな」

「でも、しばらくしたら、浮世絵もまた始めてほしいものだ」

俊平が、目を細めて言った。

「あの人の美人画は特別だからねえ」

辰次郎頭取も言う。

「伝えておきます。私には、そのようなことも、洩らしておりました」

勇蔵が言った。

「されば、みなで待とう。待つよりない」

俊平が言った。

「今夜は、とにかく旨いものを見つけた。これでじっくり飲めるぞ」

団十郎が言う。

玉十郎と達吉も頷く。

「女将さん、鯛の酒蒸し、品書きに加えてはどうだ」

「はい……でも……」

女将は躊躇してうつむいた。

やはり採算が難しいと考えているのだろう。

「いや、まちがいなく、客はつくよ」

俊平が、確信して言った。

「それは、まちげえねえ」

〈を組〉の頭取も保証した。

「これだけの舌の肥えた男たちが言ってるんだ。まちがいない」

俊平がさらに女将を促せば、隣でこっそり話を聞いていた店の客が、

「懐がさびしくてめったに頼めねえこのおれだが、きっと頼むさ」

「よし、つぎの祝いの膳では、そいつにしようじゃないか」

「よしきた」

男たちは口々に言って女将を促した。

「つぎの祝いの膳て、なんでえ」

客の一人が問いかけた。

「まだ決めていねえ」

笑いが、店広しと轟きわたった。

二見時代小説文庫

浮世絵の女　剣客大名　柳生俊平18

二〇二一年　九　月二十五日　初版発行

著者　麻倉一矢

発行所　株式会社　二見書房
〒一〇一-八四〇五
東京都千代田区神田三崎町二-一八-一一
電話　〇三-三五一五-二三一一［営業］
　　　〇三-三五一五-二三一三［編集］
振替　〇〇一七〇-四-二六三九

印刷　株式会社　堀内印刷所
製本　株式会社　村上製本所

ISBN978-4-576-21134-3
https://www.futami.co.jp/

麻倉一矢

剣客大名 柳生俊平 シリーズ

以下続刊

①剣客大名 柳生俊平(としひら) 将軍の影目付
②赤鬚の乱
③海賊大名
④女弁慶
⑤象耳(ぞうみみ)公方
⑥御前試合
⑦将軍の秘姫(ひめ)
⑧抜け荷大名
⑨黄金の市
⑩御三卿(ごさんきょう)の乱
⑪尾張の虎
⑫百万石の賭け
⑬陰富大名
⑭琉球の舞姫
⑮愉悦の大橋
⑯龍王の譜
⑰カピタンの銃
⑱浮世絵の女

徳川家御一門である久松松平家の越後高田藩主の十一男は将軍家剣術指南役の柳生家一万石の第六代藩主となった。伊予小松藩主の一柳頼邦、筑後三池藩主の立花貫長と一万石大名の契りを結んだ柳生俊平は、八代将軍吉宗から影目付を命じられる。実在の大名の痛快な物語！

麻倉一矢

上様は用心棒 シリーズ

完結

①はみだし将軍
②浮かぶ城砦

おじじさまの天海大僧正、おばばさまの春日局、老中松平伊豆守を前にして、徳川三代将軍家光(いえみつ)は「天下人たる余は世間を知らなすぎた。見聞を広めるべく江戸の町に出ることにした」と宣言。浅草花川戸の口入れ屋〈放駒〉の家に用心棒として居候することに。はてさて、家光とその脇役たち、いかなる展開に……。

麻倉一矢

かぶき平八郎荒事始 シリーズ

①かぶき平八郎荒事始 残月二段斬り
②百万石のお墨付き

新御番役勤め二百石の幕臣・豊島平八郎は、大奥大年寄の姉絵島が巻きこまれた「絵島生島事件」により重追放の罪を得て会津に逃れ、八年ぶりに赦免されて江戸に戻った。事件の真相を探るうち、八代将軍吉宗らの巨大な陰謀が見えてくる。溝口派一刀流の凄腕を買われて二代目市川團十郎の殺陣師（たてし）となった平八郎は……。